未成年だけどコドモじゃない

小学館文庫

プロローグ

ふわふわのベッドで、香琳（かりん）は今夜も大好きな絵本を手に取った。
五歳の誕生日にパパからプレゼントされたこの絵本を、香琳は繰り返し繰り返し、
胸をときめかせながら何百回……いや、何千回読んだだろうか。
明日は、香琳の十六歳の誕生日。
絵本の中のお姫（ひめ）様のように、香琳も理想の王子様に出会えるかしら。
フフッと笑って絵本を開く。それは、こんな素敵な物語なのです――。

とある国の、とあるお城に、ひとりのお姫様が住んでいました。

美しい栗色（くりいろ）の長い髪、唇は薔薇（ばら）のつぼみ。きらきらと輝く大きな瞳は、太陽の光をいっぱい集めたようです。

優しい王様とお妃（きさき）様はひとり娘のお姫様を溺愛（できあい）し、お姫様の欲しがるものを欲しが

るだけ与えたため、ちょっぴりワガママに育ってしまいましたが、そんなところもまた愛くるしく思うのでした。

何ひとつ不自由のない、平和で幸せな毎日。

けれど、年頃になったお姫様には、少しだけ退屈です。なにしろ、お世話係の召使いたちが何から何までお世話をし、スプーンだって持たせてくれるのですから。

でも、かた苦しい礼儀作法や、難しい古典や歴史のお勉強は大嫌い。時どきお城のお庭を散歩しますが、村の子供たちのように、木登りしたり、駆け回ったりすることは許してもらえません。

——何か、胸がドキドキするようなことはないかしら？

ある日、お姫様はこっそりお城を抜け出し、馬に乗ってひとりで森に出かけました。

春を迎えた森は、花が咲き、蝶が舞い、絵画のようにきれいです。

ふんわりいい香りのする、マルメロの白い花もいっぱい咲いています。

小鳥たちのさえずりや、枝を駆けていくリス、こちらをのぞいている二匹のウサギ。

そんなものたちにすっかり心を奪われて、お姫様はついつい、油断してしまいました。

突然キツネが走り出てきて、驚いた馬から放り出されてしまったのです！

宙に浮いたお姫様は、思わず目をつぶりました。お供は誰もいません。ケガをして動けなくなってしまったら、このまま森で死んでしまうかも……。

けれども次の瞬間、お姫様は、誰かの腕の中にすっぽりと抱きとめられました。

びっくりして目を開けたお姫様の心臓は、いまにも止まりそう。

落馬したお姫様を救ってくれたのは、それは素敵な貴公子だったのです。

ふたりは、瞬き(まばた)もせずお互いの顔を見つめました。

そう、お姫様と貴公子は、ひと目で恋に落ちてしまったのです……。


それからというもの、お姫様の頭の中は、名前も告げずに去っていった貴公子のことばかり。

——あの方は、どこのどなたかしら。

せめてもう一度だけでも会いたいけれど、それは叶(かな)わぬ願いでした。

そして、お姫様の十六回目の誕生日を控えた、ある日のこと。

姫よ、そなたには生まれたときから決められた許婚(いいなずけ)の王子がいる。十六歳になったら、その王子と結婚するように——王様が言いました。

驚いたお姫様は結婚を取り消すよう懇願しましたが、いつもは甘い王様も、今回ばかりは聞き入れてくれません。

絶望に打ちひしがれたまま、お姫様の十六歳の誕生日がやってきました。

お城では盛大な舞踏会が催され、いよいよ、許婚の王子様とご対面です。

青いドレスに身を包み、憂鬱そうにしていたお姫様は、大広間に入ってきた王子様を見て目をみはりました。

なんということでしょう。お姫様に優しく微笑んでいる王子様は、森で助けてくれた、あの貴公子ではありませんか……！

夢見心地のまま、王子様に手を引かれてワルツを踊ります。

じつは王子様は、森で出会ったマルメロのような姫君が、自分の許婚であることを知っていたのです。

満月の光射すバルコニーで、王子様はお姫様の前にひざまずきました。

――プリンセス。僕と結婚してください。

お姫様が願えば、叶わないことなどひとつもないのです。

ふたりは国じゅうのみんなから祝福され、結婚式を挙げます。

誓いの言葉、指輪の交換、そしてキス。

こうして、お姫様と王子様は、めでたく夫婦となりました……。


（『マルメロ姫』より）

第1章

ベッドから、開いたままの絵本が滑り落ちた。

ロマンチックなインテリアと家具で統一された二十畳ほどの部屋には、すでに朝日がいっぱい差し込んでいる。なのに、ベッドの主——香琳は幸せそうにすやすやと寝息を立て、いっこうに目を覚ます気配はない。

「おはようございます。香琳様」

執事の鏑木(かぶらぎ)が、枕元に立って声をかけた。

「……うぅん」

夢の中から返事が返ってくる。

香琳は、日本でも指折りの財閥・折山(おりやま)家のひとり娘。由緒正しき、正真正銘のお嬢様だ。

メイドたちが壊れ物を扱うように香琳を起こし、体を持ち上げてバスルームに連れていく。シャワーと歯磨きがメイドの手によって速やかに済まされ、バスローブ姿になった香琳が、またメイドたちに運ばれてきた。

鏡の前に座らせられてもなお、香琳は目を閉じ、うつらうつら舟を漕いでいる。

「香琳様。本日は高校生として、初めて登校される日です。クラス分け、担任の挨拶、クラブの紹介もあります……」

鏑木が一日のスケジュールを説明しているあいだに全身のスキンケア、次に長い髪がきれいにセットされ、爪はぴかぴかに磨かれて、身支度が整っていく。

「リップはナチュラルに……」

時おり鏑木の指導が入るが、寝ぼけている香琳は指一本、眉ひとつ動かさない。

真新しい制服を着せられ、リボンが結ばれ、最後はシンデレラのように靴を履かされる。いや、シンデレラというより眠り姫か。

身支度が完了した香琳は、再びメイドたちによって階下のダイニングルームへ。ヴィクトリア朝様式の、王侯貴族の館のような広さと豪華さだ。

執事たちがうやうやしくお嬢様を迎え、真っ白いクロスがかかったマホガニー材の長いテーブルには、香琳のためだけに用意された朝食がずらりと並んでいる。

「そして、もうひとつ。本日は、折山香琳様の記念すべき十六歳の誕生日でございます」

「んー……」

朝食のパンケーキが口の中に押し込まれても、門の手前に停まっているリムジンに乗せられても、香琳はまだ半覚醒状態である。

「誕生日をお祝いするメッセージが届いております。ルイ・ヴィトン会長のベルナール・アルノー様、小説家のJ・K・ローリング様、フェイスブックCEOマーク・ザッカーバーグ様……」

世界中の名だたる著名人たちからの祝福も、右の耳から左の耳へ抜けて生返事を返すだけ。

車が走りだしてしばらくすると、ぼ〜っとしていた香琳の目が、突然パッとみひらかれた。ここへきてようやく、スイッチがオンになったのだ。

はっ！　そうだ。香琳ははっきりと目を覚ました。

「鏑木！　今日って高校生活の初日じゃない！」

「六時十七分にそうお知らせしております」

もっと大事なことが！

「しかも私の十六歳の誕生日！」

「六時二十五分に……」

そう言えば！

「お風呂入ってない！」

「お済みです」

洋服は着たっけ？

「私の制服は！」

「お召しで」

顔！　顔！　顔はどうなってるの？

「メイクして！」

「ご安心を」

「はあ〜〜……」

よかった……香琳はホッとした。目覚めたときには、いつも完璧に身支度が整っている。

香琳は、生まれたときからの守役である鏑木に抜かりはない。

かたわらに置いてある、大好きな絵本を手に取った。絵本の題名は、『マルメロ姫』。

マルメロという果実は、西洋カリンというんだよ、とパパが教えてくれた。名前だけじゃなく、この物語のお姫様は、香琳にそっくりだ。

香琳がとくに好きなのは、お姫様と王子様の結婚式のシーン。絵本を開いて、うっとりとため息をつく。

リンリンは子供っぽいってバカにするけど、これは香琳の、小さい頃からの夢。

（きっと、素敵な王子様が――）

香琳の胸は、新しい高校生活への期待でいっぱいだ。

「……見つかるかな？」

「王子様でございますか？」

「うん」

これまでも、カッコいいって騒がれている男の子は何人もいた。でも、この人！ってビビッときた人はひとりもいない。

いつになったら、香琳に釣り合う相手が現れるのかしら……？

今度は不安そうなため息をつく香琳に、鏑木が微笑んで言った。

「香琳様が願えば、叶わないことなどひとつもございません」

「そう……？　そうね」

たちまち気をよくしてにっこりする。

そう、鏑木の言うとおりだわ。これまでずっと、香琳の願いが叶わないことなんてひとつもなかった。きっと恋だって……。

学校まであと五分というところで、ふいに鏑木が運転手に合図してリムジンを停車させた。

後部ドアが開いて、誰かが乗り込んでくる。

「誕生日おめでとう。カーリー」

真っ赤な薔薇の花束の向こうから顔を出したのは、同じ高校の制服を着た男の子だ。

「リンリン！」

リンリンこと海老名五十鈴は、香琳とは幼稚舎から一緒の幼なじみ。可愛らしい顔立ちをしているが、実は日本経済界の頂点に君臨する、海老名グループの御曹司だ。

五十鈴の父はもう何年も世界長者番付の首位を独占、その資産は天文学的と言われている。

後ろに停まっている五十鈴専用のリムジンは折山家のリムジンよりさらに大きく、跡取りの五十鈴には、常に屈強なSPたちがついている。

「はい」

五十鈴が香琳に差し出した薔薇の花には、一点のシミもくすみもない。むろん、有名フラワーショップに特別に注文して、今朝仕入れさせたものだ。

「わあ！」

香琳が大喜びで花束に顔を近づける。素敵な香り！

「王子様から」

「ん？」

小首をかしげる香琳に、五十鈴が絵本を指差してニコッとする。

「馬から落ちたお姫様を助ける王子様」

リンリンが王子様ですって……!? 香琳はぷっと噴き出した。

「やだ！ リンリン！ いっつも冗談ばっかり！」

ケラケラ笑う香琳を見て、五十鈴はなんとも言えない表情で黙り込んでいる。

「リンリンってほんと面白い！」

十六本ではない、九十九本の薔薇の花束の意味など気づきもせず、無邪気にトドメを刺す。

「海老名五十鈴様。学校まで香琳様とご一緒されますか？」

少々気の毒そうに、鏑木が聞いた。

「……いいや、初日だし、自分のに乗っていく。カーリー、また学校で」

「ごきげんよう」

香琳は花束を抱え、天真爛漫な笑顔で言った。

香琳たちの通う高校は、幼稚舎から大学までエスカレーター式の、有名私立学園の高等部だ。そういうわけで中等部まではだいたい同じ顔ぶれだが、高校では、外部入学の生徒もいる。王子様がいるとすれば、一〇〇％そっちだ。

近代的な校舎の建つ敷地内でリムジンが停まり、香琳が降り立った。続いて、もう一台のリムジンから五十鈴が降りる。

「参りましょう」

鏑木が香琳を促した、そのとき。

「きゃー!!」

黄色い声がしたかと思うと、校舎のほうから女子生徒の集団が走ってきた。

すごいお出迎え。香琳は苦笑した。まあでも、香琳はいつだってみんなの注目の的だから、しかたがないわ——。

「おはよう……」

にっこり挨拶する香琳を、なぜか女子生徒たちは見向きもせず素通りしていく。

「始まってるって！」

「ヤバい！　見たい見たい！」

「やっぱイケメンだよね！」

「マジ王子様！」

その単語を、香琳の耳が聞き漏らすはずがない。

「鏑木！」

間髪入れずオペラグラスが差し出される。香琳はすばやくそれを目にあてがい、競歩のような速足で女子たちを追いかけていく。

「……まったく。コドモか」

五十鈴はあきれて言った。

この十年というもの、五十鈴は王子様を探し求める香琳の背中を幾度となく見送ってきた。そしてそのたび、ガッカリして帰ってくる香琳を慰めるのも五十鈴の役目だ。

だから、安心していたのだ——香琳の夢見ている王子様なんか、現れっこないさ、と。

香琳がオペラグラスを覗(のぞ)きながらやってくると、広いグラウンドの周囲に、女子生徒の人だかりができていた。

「なに？　なに見てんの？　素敵な人がいるの？」

人だかりをかき分けて前に出ると、グラウンドを占領しているのはサッカー部だ。新入生勧誘のために、デモンストレーションの練習試合をやっているらしい。

「きゃー!!」

「カッコいい～!!」

大騒ぎしながら、まるで二足立ちのミーアキャットの群れみたいに、みんながみんな同じ方向を目で追っている。

「鶴木先輩～～!!」

ツルギセンパイ……？　それが王子様の名前？

香琳も群れの仲間入りをして、オペラグラスをそちらに向ける。

でも、いくらカッコよくたって、香琳が好きって思えなきゃ、王子様なんかじゃないんだから……。

そのとき、丸いレンズの中にひとりの男子が飛び込んできた。

敵チームの部員を翻弄する、見事なボールさばきでゴールに迫っていく。

――ふ～ん。あれがツルギセンパイね。身長・体格のバランスはまあまあ。で、肝心の顔は？

……もぉっ！　見つけたと思ったら、ちょこまかとレンズから逃げてしまう。動きが速すぎて、ちゃんと顔を認識できないじゃない。

次の瞬間、彼が華麗なドリブルからミドルシュートを決めた。

「え……」

仲間とハイタッチした一瞬に見えた、汗の光る笑顔。

香琳の心臓が大きく跳ねた。

待って待って。その顔をもっとよく見せて。

「きゃーーっ!!」

大きな声援とともにミーアキャットの群れに押され、弾き出された香琳はまた彼を見失ってしまった。

「あっ、もう！　見えない！」

もはや周りは目に入らず、香琳はオペラグラスを覗いたままグラウンドの中へずかずか入っていく。

「どこ？　どこ？」

オペラグラスを外して探せばよさそうなものだが、特注した高性能のレンズが王子様を見つけ出すと信じて疑わない。

ゴール近くまできたとき、逆サイドから飛んできた強烈なパスが香琳の顔面を直撃した。

「わあッ！」

ふっ飛ばされて宙に浮いた香琳は、思わず目をつぶった。

ああ、王子様に会えないまま、グラウンドに叩きつけられて死んでしまうかも……。

しかし次の瞬間、香琳は大きな腕の中にすっぽりと抱きとめられていた。

……ん？　なんだろう、このデジャヴのような感覚。

「大丈夫？　ケガしてない？」

目を開けた香琳は、びっくりして息が止まりそうになった。香琳をお姫様抱っこしているのは、まさにさっきシュートを決めた〝ツルギセンパイ〟だ。

「……はい」

彼の顔が間近にある。

きりっとした男らしい眉、頬からあごにかけてのシャープなライン、彫刻のように整った鼻。形のいい唇のあいだから白い歯が覗き、くしゃっとした黒い髪まで、すべてがパーフェクト文句なしの一〇〇点満点。

そして何よりも、その目が素敵。澄んだ瞳が、香琳だけを映していて――。

「よかった」

ニコッと笑う。その笑顔の輝きときたら、目がハレーションを起こして卒倒しそうだ。

「見つけた……」

完璧よ。この人以外、ありえない。

「王子様……!!」

熱に浮かされたように見つめてくる香琳を、彼はけげんそうに見返していた。

♥

♫

Happy Happy Happy Birthday to you
Happy Birthday to you from Papa
Happy Birthday to you from Mama

It's your special day
Today with celebrate
Happy Happy Happy Birthday
Karin we love your smile (your smile)
From Mama and Papa kiss to you

Happy Birthday to you
Happy Happy Birthday to you

父の和紀（かずき）と母の明里（あかり）が歌い、その後ろでは、二十人ほどのメイドと執事たちがコーラス付きの愉快なダンスで踊りだす。

真っ赤なドレスをまとった香琳が、なめらかな曲線を描く広い階段を下りてきた。

「ハッピー・バースデー、香琳！」

毎年恒例の、香琳のバースデーパーティーだ。

「パパ！　ママ！　素敵！　ありがとう！」

バルーンやガーランドや花など、ダイニングルームは誕生日仕様に装飾され、部屋のあちこちに数々の高価なプレゼントの包みが置かれている。五十名は着席できる長テーブルには、世界各国の高級食材を使った豪華な料理が並ぶ。

　ほかにも色とりどりのマカロンやドラジェなどのお菓子、そしてもちろん、三層のバースデーケーキが真ん中にどんと置かれている。

「可愛い！」

　香琳がリクエストした、ベリーのケーキだ。てっぺんにかぼちゃ型の王冠が載っていて、クリームの薔薇の花が華やかにデコレーションしてある。

「パリのメゾン・ラデュレからパティシエを呼んだの」

　明里がニコニコして言った。まるで近所のケーキ屋さんのような気安さである。

「香琳様、ジャスティン様からお祝いが」

　鏑木がうやうやしくスマホを持ってきた。が、香琳は「あとで」とそっけない。

「香琳、プレゼントだ」

　和紀が合図すると、メイドがドレスを運んできた。

「きゃー！　すごい！　ウエディングドレスみたい！　素敵！」

　さっそく当ててみる。スワロフスキーのビージングをふんだんにあしらった、フリルたっぷりの白いドレス。さすが、香琳の好みをわかってる！

十六年間生きてきて、こんなに幸せな日はない。

「パパ、ママ、香琳、今日学校でずっと探していたものを見つけたの！　それにこのドレス！　ホントに人生最高の日よ！」

愛娘の満面の笑みを見て、和紀は大きく目じりを下げた。

「香琳、パパも嬉しいよ。でもね、人生最高の日は明日だ」

「え！　なになに⁉　サプライズ？」

もうパパったら。いくらなんでも、香琳に甘すぎない？　でも、そんなパパが大好き！

「香琳は、パパが決めた人と結婚するんだ。このドレスを着て……」

「すごーい！」

あまりに突飛すぎて、ぜんぜん話が通じていない。

「ママの同級生の息子さんでね。香琳よりふたつ年上の十八歳」

明里がニコニコして説明する。

「成績優秀でスポーツ万能で」と和紀が補足し、

「例えるとオーランド・ブルームがエルフのまま……」

あきらかに明里の好みが入った例えだが、そんなことはどうでもいい。

「──え？　え？　結婚？」

香琳の頭の中で、ようやく言葉が実を結んだ。

「そう、結婚だ。十六年前、香琳が生まれた夜、先代が枕元に立って言ったんだ。

『あの子が十六になった翌日に、おまえが決めた男と結婚させよ』って」

「そんなことで娘の結婚を……すごいわパパの決断力！」

明里が感動の面持ちで夫を見つめる。

いやちがうでしょそうじゃないでしょ。

「この決断力が折山グループをここまで大きくしたんだよ」

あきらかに見当ちがいの自画自賛だが、そんなことはどうでもいい。

「や……やだ！」

冗談じゃない。勝手に決められた男と結婚するなんて。

「やだやだやだやだ絶対やだーー!!」

テーブルの料理や皿を手当たり次第投げつけ、飾りつけを引きちぎる。

お嬢様の癇癪(かんしゃく)に慣れっこの使用人たちは、危険を察知して椅子の陰やカーテンの後ろに避難済みだ。

「絶対ヤダ!!　なんで急に！　十六歳で！　パパの決めた！　会ったこともない人

と！　明日！　結婚しなきゃいけないの！　……香琳は……今日……」

やっと……やっと王子様に出会えたのに。香琳の選んだあの人と、これから恋を始めるんだから――!!

「折山家の跡継ぎにふさわしい、将来有望な青年なんだよ。きっと香琳を幸せにしてくれる」

和紀は自信ありげに台紙付きの見合い写真を渡してきた。

「これが結婚相手だ」

「写真なんか！」

カッとして放り投げた写真が空中で開き、中のポートレートが一瞬だけ、香琳の目に入った。

そこには、見覚えのある顔が――。

「鏑木！」

香琳の声が飛ぶ。

すかさず鏑木が飛んできた写真をキャッチして投げ返し、それを香琳が受け取って中を見る。十六年間で培われた見事なコンビネーションだ。

「この人……」

信じられない。だけど、まちがいない。でも本当にこんな偶然が……？

呆然(ぼうぜん)としている香琳の手から、スッと写真が抜き取られた。

「……やめとこう」

顔を上げると、和紀が眉を寄せている。

「やはり、無理やりなのはよくない」

何を今さらという気がおおいにするが、いまだ夫にベタ惚(ぼ)れの明里は「素敵、その娘を思う決断」と称賛のまなざしを送る。

「や……」

香琳はうろたえた。どうしようどうしよう。このままじゃ、結婚が取りやめになっちゃう。

「先代には今晩、謝っとくよ」

「待って！」

香琳はとっさに写真をつかんだ。しかし、和紀も手を放さない。

「ちょ……」

「悪かったね、香琳」

「いや」

両者譲らず、綱引き状態が続く。

「パパは早く寝て先代に……」

「だから！」

香琳は父親から強引に写真を奪い取った。

「する！」

和紀と明里はキョトンとしている。

「パパたちがそんなに言うんなら……」

香琳は階段を駆け上がり、嬉々としてふたりに写真を突き出した。

「香琳、この人と結婚してあげてもよくってよ？」

写真の中で、今朝の王子様が微笑んでいた。


いつもならとっくに夢の中にいる時間なのに、明日のことを考えるといっこうに眠気が訪れない。

香琳は、ベッドの中でうっとりと絵本を広げていた。

教会で大勢の人たちに祝福されている、お姫様と王子様の結婚式の場面だ。

ベッドサイドに立ててある、見合い写真をチラッと見る。とたんに顔がポッと赤くなった。

あたし、結婚しちゃうんだ。それも、自分で見つけた、初恋の人と結婚……すごくない？

パパの話では、彼は折山家の婿養子に入るという。そして、香琳との結婚を本当に楽しみにしているって。

そりゃそうよね、この香琳と結婚できるんだから！

写真を手に取り、胸に抱く。

「『鶴木尚（つるぎなお）』センパイ……」

名前を声に出すと、あごのあたりがきゅっと甘酸っぱくなる。

「ほんとだ……香琳が願えば、叶わないことなんてひとつもない」

なんていう偶然。

ううん、ちがう。これはまさに、〝運命の恋〟だわ――！

♥

すっきりと晴れ渡った青空に、教会の鐘が響き渡った。

チャペルの扉が開き、和紀と腕を組んだ香琳が、緊張気味にバージンロードを歩いていく。

一歩、そしてまた一歩。パパから彼へ引き継がれる、人生最大の儀式が始まった。

香琳は少しだけ目を上げ、ヴェールを透かして正面を見る。

祭壇の前で、彼が優しい笑顔で待っている。

本当の本当に、彼のお嫁さんになるんだわ――。

心が喜びで満たされていく。ステンドグラスから射し込む光に照らされて、白いタキシードを着た尚は光り輝いている。

その美しさに、香琳は思わず息をのんだ。

(超王子様……!)

あまりにも幸せでクラクラしそう……なのだけれど……。

神父様が神に祈りを捧げたあと、結婚の誓約に入る。

「病めるときも健やかなるときも、愛をもって生涯支え合うことを誓いますか?」

やっぱりヘンだ。

「……なんで?」

イエスと答えるまえに、香琳は不可解そうに後ろを振り返った。何列もある両側の席はガランとして、列席しているのは和紀と明里だけ。新郎の両親さえいない。

「なんでお客さんがひとりもいないの？」

おかしい。香琳の結婚式が、こんなに地味でさみしいなんて。

「お友達とか親戚とか、国じゅうの人々が……！」

とうぜん全校生徒をご招待、日本のみならず世界各国のセレブとＶＩＰが顔をそろえ、お色直しは最低十回、なんならテレビ中継が入ると思っていた。

「ねえ」

尚に声をかけられて、パッと振り向く。

「はい！」

「ふたりっきりがいいって、俺が言ったんだ」

「え？」

「結婚のことは、学校でもふたりだけの特別な秘密にしよう」

笑顔で言いながら、香琳の唇に人差し指を当ててきた。

たちまち骨抜きになり、香琳は微笑んでいる花婿にぼうっと見とれてしまう。

（ふたりだけ……特別……）

なんて甘い響き。センパイがそうしたいなら、喜んで！

「オッケー！」

はりきって神父様に向き直る。深く考えないのが香琳のいいところだ。

「指輪の交換を」

「はい！」

元気よく返事をして、尚に左手を突き出す。

ブランドはカルティエ？　ハリー・ウィンストン？　香琳のイメージだったら、ティファニーってところかしら？

ところが――。

「指輪はないです」

尚はあっさり言った。

「は？　だって……」

マリッジリングって、夫婦になる証じゃないの？

「指輪してると、せっかくの特別な秘密がバレちゃうよ」

尚が香琳の耳元でこっそりささやく。

そっか、なるほど！

「ないです！」

顔だけじゃなくて頭もいい。さすが香琳が選んだだけある！

「では誓いのキスを」

「キ……!?」

そうだった。結婚式に誓いのキスはつきもの。でも、パパとママの見ている前でなんて恥ずかしい。

戸惑っている香琳をよそに、尚はヴェールを上げ、香琳の肩をそっと抱いて顔を近づけてきた。

キス……初めてだけど、鶴木センパイは香琳のダンナ様になる人だもの。

少しだけ震えながら、香琳はぎゅっと目をつぶった。絵本で想像するキスは、外国のキャンディーみたいに甘そう。でも、本物のキスはどんな感じだろう……。

彼の唇が近づいてくる気配がする。ドキドキして胸が破裂しそうだ。

息遣いと体温まで感じられるほど近くになったとき、ぴたっと尚の動きが止まった。

——ん？

薄く目を開けた香琳に、尚がにっこり微笑む。

「続きは、ふたりのときに」

ふたりで続きって……！　コクコクコクッと香琳は高速でうなずいた。

式のあと、控え室で婚姻届にそれぞれ署名し、印鑑を押した。

証人は和紀と明里。これを役所に届ければ、香琳と尚は公にも夫婦となる。

香琳は、チラッと尚の端正な横顔を盗み見た。

うちの夫が……なんて言っちゃうのかな。ふたりのときは？「あなた」？　それとも「尚さん」？「尚クン」？　ううっ、こそばゆい。

鶴木センパイは、あたしのこと、なんて呼ぶだろう。そう言えば、ねえ、とか、あの、とかで、まだちゃんと名前を呼ばれたことがない。センパイだって初めての結婚だもの、きっと照れてるのね。

最初は「香琳ちゃん」？　ううん夫婦だし、やっぱり呼び捨てで「香琳」かな？　まさか……「姫」？

ひとりでむふふと笑っている香琳を、尚が不思議そうに見ている。

学校があるから、ハネムーンはとうぶんお預けだ。新婚旅行は半年くらいかけてヨーロッパのお城巡りをしようと決めていたのに……ガッカリ。

——でも、楽しみはあとにとっておいたほうが大きくなるって言うしね。

教会を出て、両親、鏑木、そしてダンナ様の尚とリムジンに乗り込む。

後部座席に並んで座った新婚夫婦を、シャンパングラスを手にした和紀と明里は感無量の面持ちで眺めている。

「香琳」

「はい、パパ！」

「尚くん」

「はい」

和紀と明里は顔を見合わせて感激し、和紀が「ママも！」と明里を促す。

「香琳」

「はい、ママ！」

「尚くん」

「はい」

オママゴトのように可愛らしい夫婦に、ふたり手を取り合って大喜びする。

「ふたりの新居は私が用意したぞ」

和紀が楽しげに言った。

「えっ」

婿養子というから、香琳はてっきり折山家で一緒に暮らすものと思っていたのだ。

「苦労して探したんだぞ。理想のところが見つかって本当によかったよ」

「ふたりの新居……♡　センパイ！」

鼻息を荒くする香琳に、尚が笑ってうなずく。

グッジョブ、パパ！　パパのことだから、ふたりの愛の巣にふさわしい素敵なお家を用意してくれたはず。お城みたいにロマンチックな洋館かしら？　それとも、東京の夜景が一望できるラグジュアリーなマンションかも。

パパとママと離れて暮らすのはさみしいけど、これからはずっとセンパイとふたりで夫婦として暮らしていくんだ……。

じわじわと実感が湧いてきて、新婚生活への期待と憧れで胸がはちきれそう。そのせいで、車が進むほどにビルがまばらになり、車窓の眺めがレトロな商店街やノスタルジックな街並みや、要するに庶民的な風景になっていることにはまるで気づかない。

「さあ、ここがきみたちの新居だよ！」

和紀が車を降りて、両手を広げた。

香琳は口をあんぐり開けて、父親の背後に建っているソレを見上げた。

「なに、パパ……ここ……お化け屋敷？」

豪華な洋館でも、オシャレなマンションでもない。長屋の一軒だ。それもお相撲さんがシコ踏んだだけで倒壊しそうな、ボロボロの平屋である。

お隣りの家の前には、椅子に座ったステテコ姿のおじいちゃん。ふたりのヤンチャそうな男の子がそこらを駆け回っている。え、『三丁目の夕日』？

カア！　隣りの木に止まっていたカラスが鳴いて、香琳はビクッとした。効果音までバッチリだ。

こんなところで愛を育めるはずがない。あ、もしやドッキリ企画で香琳を驚かせようとしてるの？　そんな手の込んだサプライズいらないから。

「ああああああ！」

おどろおどろしい声とともに突如、太ったおばさんが家から飛び出てきた。

「きゃあああ！」

香琳が悲鳴をあげて尚の後ろに逃げ込む。

「ああああ、どうも」

「大家さんだよ。よろしくお願いします」

「あああああ、よろしく」

お、大家さん？　ヤマンバかなんかじゃないの？　人に宿を提供して、夜寝たあとに取って食うという……！

「いやーーーっパパ！　ちがう！　こんな……」

　半泣きの香琳に、和紀は重々しく首を横に振った。

「香琳……十六年前、香琳が生まれたあの夜、先代が枕元で言ったんだ。『新居は限りなく質素で、貧しく。そこで手を取り合い、絆を深めよ。大家さんは怖めがちょうどいい』とね」

「はあ!?」

　前半はまだいいとしても、最後の条件は意味がわからない。どういうつもりか、あの世からおじいちゃんを召喚して問い質したい。

「とりあえず必要な生活用品はそろえてあるから」

「ママ！　なんとかして……」

「なんていい話！」

　そうだった、夫に絶対の信頼を置いている明里はアテにならない。

「やだ！　絶対やだ！　こんな暗くて汚くて大家さんお化けで……」

　香琳の癇癪玉が爆発する寸前、尚がスッと前に進み出た。

「ありがとうございます！　お義父さん」

「はい？　いやセンパイ、だってこんな……」

涙目で抗議しようとした香琳に、ニコッと微笑む。

「俺は、どんなとこでも幸せだから」

「え？」

幸せ？　いま、幸せって言った？　香琳といて幸せってこと？

「彼女も、妻として僕を支えてくれると思います」

つ……妻!!

恋の力とはおそろしい。その言葉ひとつで、たちまち有頂天になってしまう。

「支えます！」

愛があれば、どんな場所だってきっと平気。愛する人となら、どんな困難も乗り越えてみせる。教会でそう神様に誓ったんだもの。

「……妻です」

香琳は上機嫌で、心持ち胸をそらせてつけ加えた。

♥

玄関の戸が、ガタピシと聞いたこともないような音を立てて開いた。

足を踏み入れたとたん、じめっとした空気が肌にまとわりつく。

たとえお化け屋敷でも、センパイとなら幸せに暮らしていける――気がしない。

暗いし、古いし、湿っぽいし、気味が悪いし、オカルト番組に心霊スポットとして登場するレベルだ。

「……出そう……真っ白な子供とか出そう……」

立ち尽くしている香琳の肩を、ふいに尚の手が抱いた。

「……じゃあ、脱ごっか」

「え？」

ドキッ。

も、もしかして、今日って〝初夜〟？　まさかフーフの営みってやつ⁉

「脱いで」

見かけによらず強引なんだ。

「あ……でも……」

まだ心の準備が……キスだってしてないのに、いきなりなんて。

おずおずと目を上げると、尚の熱いまなざしにぶつかった。香琳の全身もカーッと熱くなる。

そうだよね。夫婦なんだもん。香琳だって、そんなコドモじゃない。

「……うん……」

覚悟を決めて、スカートのホックを外そうとしたとき――。

「靴」

尚の熱いまなざしは、香琳の足元に向けられている。

「は？」

……なんだ、靴を脱げってこと。でもなんで？

「脱ぐの？　エントランスで？」

「もう部屋だよ、ここ。玄関は後ろ」

「うそ！」

言われてみれば、足の下は木の床で、小さいテーブルと椅子も置いてある。玄関ホールだと思っていたスペースは、台所と食堂を兼ねているらしい。

「ハハ……失礼」

慌ててパンプスを脱ぐ。

あの隅っこの、手洗い場のような場所はまさかの調理場？　ということは、正面の二部屋が居間と寝室になって、それで全部ってこと？　お部屋を三つ合わせても、香琳の部屋より狭い。

「で……でも、ここがふたりのお家なんだね！」

気を取り直して、尚に笑顔を向ける。

そうよ、風情があると言えば言えなくもない。それにこれだけ狭ければ、ずーっとセンパイの顔を近くで見ていられるし。

「あのさ……俺たち結婚したけど、夫婦じゃないから」

「は？」

香琳はぽかんとした。結婚したけど、夫婦じゃない……ってどういうことだろう。入学したけど、生徒じゃない……ご臨終したけど、死人じゃない……ワケがわからなくなってきた。

大量に疑問符を浮かべている香琳を置き去りに、尚はスタスタ歩いていって二部屋の境目に立った。

「じゃあこっちが折山さんの部屋、こっちが俺」

「へ？」

ていうか今、「折山さん」って他人のように呼ばなかった？

「で、共同生活のルール決めよう。まず、『自分のことは自分でする』。新婚気取って俺の分まで料理とかしないで」

「新婚なのに⁉」

それに、「共同生活」ってなに？　夫婦なのに、よそよそしい響きだ。

「『勝手に人の部屋に入らない』。ここは壁だと思って開けないこと」

言いながら、部屋のあいだの襖（ふすま）をピシャンと閉める。

「壁？　いきなり家庭内別居！」

センパイとの距離が一気に遠くなった。

……ううん、きっとプライベートを大切にする人なんだ。いきなり結婚しちゃったから、最初は戸惑うことがあってもしかたない。少しずつお互いを知って近づいていって、愛を深めていけばいいんだもの。

「あと『結婚してることは絶対に秘密』」

式のときに言われたから、これはわかる。

「ふたりだけの特別な秘密だもんね！」

香琳が嬉しそうに答えると、尚は柱にドン！　と手をついた。

「バレたら退学なんですけど」

あきれたように顔をしかめる。

「え⁉」

「あのさ、なんかカンちがいしてない？」

「え？」

香琳はキョトンとした。退学？　カンちがい？　さっきから、尚が何を言っているのか、本気で理解できない。

「え？」

さすがに尚もけげんな表情になった。

「え？」

香琳はけげんそうにされる理由が思い当たらない。

「……いや、この結婚は、俺が婿養子になって折山さん家の事業を継ぐ。そういう約束で決まったんだよね。代わりに、うちの親父が作った借金肩代わりしてもらった。あと学費も出してもらえた。おかげで学校もやめずに済ん……」

ぽかんと口を開けている香琳に気づいて、尚は途中で言葉を止めた。

事業を継ぐ？　借金の肩代わり？　学費？　パパはそんなことひと言も……。

「まさか、事情を知らなかったの？」

知るわけがない。舞い上がっていて、どういう経緯で彼が結婚相手に選ばれたのかなんて、たずねもしなかった。

「だって香琳が決めたんだよ！　鶴木センパイだったら結婚しても」

「え、それって俺のこと好き……とか？」

図星を指されて、香琳は真っ赤になった。――待って、あたしいま、告白みたいなことしなかった!?

「や、だから、センパイならまあ合格かなあって」

慌てて取り繕うが、つい上から目線のお嬢様口調になる。

「知らないでしょ俺のこと」

「最初に見たとき、カッコいいって……」

本当のことを答えただけなのに、尚はなぜか皮肉っぽい笑みを浮かべた。

「よかった」

「え？」

「同情する必要なんてないじゃん」

「は？」

「てっきり折山さんの意志とは関係なしに、跡取り欲しさに無理やり結婚させられるんだと思ってたからさ。利用して悪かったって、罪悪感があったんだけど……折山さんて、見た目が気に入れば、よく知りもしない男と結婚しちゃえるんだね」

そして、虫けらを見るような目つきで言った。

「俺、顔で結婚決めるような浅はかな女、大っ嫌いなんだ」

――は？

「あ、土足で歩いたとこ、ちゃんと拭いといて。じゃおやすみ」

ショックで頭が真っ白になっている香琳を残し、尚はさっさと自分の部屋に入って襖を閉めてしまった。

な……に？　今、何が起きたの？　空耳かもしれないけど、鶴木センパイに「大っ嫌い」って言われたような？

これは……悪夢……？　ふらふらと壁に手をつくと、バキッと音がして大きな穴が開いた。

「いや～！」

慌てて座布団で穴を塞ぐ。きっとくる。髪の長い女の人が絶対、這い出てくる。

「……なんなのもう……」

泣きっ面にハチどころか、ハチの巣に頭から突っ込んだ気分だ。

愛する人となら、どんな困難も乗り越えてみせる――なんてバカみたい。鶴木センパイには、愛なんか一ミリもなかった。

これからこんな狭くて汚い家で、大嫌いって言われた人と暮らしていかなきゃなんないの？

絵本では「めでたしめでたし」のはずの夫婦生活は、こうして最悪のスタートを切ったのだった。

第2章

——俺、おまえみたいな女、大っ嫌いなんだ。

尚の声が頭の中に響き渡り、香琳は布団からがばっと起き上がった。

「夢！」

ならよかったのに、目に見える部屋は殺風景な六畳間。

「……じゃない」

いつものふかふかのベッドとは比べようもない固い布団で、洋服のまま泣き寝入りしてしまったみたいだ。体じゅうが痛い。童話で読んだ、エンドウ豆の上に寝たお姫様になった気分。

こんな家、耐えられない。やっぱりパパに電話して——。

「おはよ」

「ひいっ！」

香琳は布団から飛び起きた。ヤマンバ、じゃなくて大家さんが香琳の顔を覗き込んでいる。ていうか、いつの間に部屋に入ってきた？

「学校は？」

「え？」

そうだ学校！　慌ててスマホの時計を見ると、もう十時を過ぎている。いつも鏑木が起こしてくれるから、アラームなんかかけたことがないのだ。

新婚初日から、夫婦そろって大遅刻なんて！　香琳は慌てて仕切りの襖を開けた。

「鶴木センパイ！　起きて……」

が、尚の部屋はきちんと布団が畳んであって、人がいた気配もない。

「もう行ったよ」

大家さんが言った。

「なんで！　チューとかごはんとかは？」

それどころか、香琳に声もかけないで、自分だけ学校に行っちゃうなんてひどい。

というか、ごはんは誰が用意してくれるの？

台所に行ってみると、食パンの袋と、流し台にはお皿とコップが洗ってあって、食事をした形跡がある。

そう言えばゆうべ、共同生活のルールがどうのこうので、『自分のことは自分でする』とかなんとかかんとか……。

ああもう、そんなこと考えてる場合じゃない。

「ちがうちがう！　香琳も早く行かなきゃ。シャワー！　シャワールームどこ？」

大家さんが「あっち」と指さし、部屋の縁側から外へ出ていく。香琳は急いでシャワールームに向かい、くすんだガラス戸を開けた。

「せま！　え、ここ⁉」

タイルはひび割れ、壁なんか崩れ落ちそうだ。あの黒いのって、もしかして噂に聞くカビ⁉

足をつけるのもイヤだけれど、背に腹は代えられない。パパッと洋服を脱いで、思いきって中に飛び込む。

浴槽の横のメカメカしい箱型のものに、蛇口とシャワーがついている。そこにダイヤル式のつまみやレバーみたいなのがあって、どれをどうすればいいのか、さっぱりわからない。

「やー！　なにこれお湯出ない。あ、どうしよ、誰かー‼」

震えながら水のシャワーを浴び、タオルを探すのに手間取り、ドライヤーを見つけ出すまで部屋中の引き出しを開け、もたもたと制服を着てリボンを結び、やっとのことで玄関を飛び出した。

リムジンが待っていると思って周囲を見回したが、道路には猫の子一匹いない。

「もぉぉ！　鏑木！　いない！　車！　ない！」

しかたなく走りだそうとして、香琳はハタと立ち止まった。

「……学校どっち？」

「あああああ！」

背後から呪いの声が。

「きゃあああ！」

香琳は悲鳴をあげて、脱兎のごとく駆け出した。お嬢様らしからぬ俊足で、あっという間に姿が見えなくなる。

「あっち」

ほうきを手にした大家さんが、反対方向を指さして言った。

……砂漠を彷徨うって、こんな気分なのね……。

やっとオアシス……もとい学校にたどり着いた香琳は、ふらふらと校門のほうへ近づいていった。

「カーリー！」

リムジンに乗り込もうとしていた五十鈴が、そんな香琳に気づいて駆け寄ってきた。

「リンリン……」

「どうしたんだよ？」

香琳を見て、心配そうに眉を寄せる。

それもそのはず、髪はボサボサ、制服はヨレヨレ、顔は汗まみれでリップさえ塗っていない。身だしなみに一分の隙も許さないふだんの香琳なら、ありえない格好だ。

「どうって……学校」

「もう終わったよ」

「え」

見ると、校舎から下校する生徒がぞろぞろ出てきている。

「なんで……？」

香琳はその場にへなへなとへたり込んだ。

学校への行き方がわからなくて、途中で鞄（かばん）を忘れたことに気づいて、取りに帰ろうとしたけどさらに道に迷って、スマホもなくて、朝ごはんも昼ごはんも食べられずに腹ペコのまま、やっとの思いで学校まできたのに……。

「カーリー、何があった？」

五十鈴がしゃがみ込み、うつろな香琳の顔を覗き込んでくる。

「靴脱いで……」

「靴？」

「ルールが決まって……」

「ルール？」

「センパイが……」

「センパイ？」

香琳はハッと口を押さえた。『結婚してることは絶対に秘密』！

「あ！　いやなんでもない！」

笑顔でごまかして、すっくと立ち上がる。

「迎えの車は？　まったく鏑木は何してんだ？　電話してやるよ」

五十鈴がスマホを取り出した。

「おい、鏑木！　おまえなに……」

「あーー！」

ダメダメ！　慌ててスマホを奪って放り投げる。五十鈴のSPがそれをキャッチした。

「結構よ。ご心配なく。それじゃリンリン、ごきげんよう」

にっこりして言うと、残りの気力を総動員して、きた道を戻っていく。

「おい！　カーリー！」

呼び止める五十鈴の声にも振り向かない。とにかくセンパイのいる家に帰らなきゃ！

「ぼっちゃん」

SPがハンカチに包んだスマホを、うやうやしく五十鈴に差し出す。

「ああ。……なんだよアイツ」

香琳の突拍子のない行動には慣れっこの五十鈴も、さすがに首をかしげた。

♥

「つ、着いた……」

三時間かかって、香琳は家に帰ってきた。外はもうとっくに日が暮れている。

格好ときたら無人島でサバイバルしてきたかのようにボロボロで、やきとり屋の脇に捨ててあった幟を杖代わりにしなかったら、途中で力尽きていたかもしれない。

往復六時間……もういや……明日学校行きたくない……。

よろよろとチャイムを押そうとしたとき、先にドアが開いて尚が顔を出した。

「……おかえり。待ってたよ」

笑顔のうえに、思いがけなくも温かい言葉だ。

「センパイ……ほんと？」

「ほんとほんと。さ、早く入って」

疲れた心と体に優しさが沁みて、目がうるうるしてきた。

待っててくれたんだ。帰ってきてよかった……。

「折山さん……これはいったいどういうこと？」

しかし部屋に入ったとたん、さっきとは打って変わった刺々しい声が降ってきた。

「え？」

見てみると、部屋中、ひどい有り様だ。床にはダンボールから出した洋服やタオルが散らばり、テーブルの上はドライヤーや歯ブラシでごっちゃごちゃ。引き出しはあちこち開けっ放しだし、ゴミ箱や椅子まで倒れていて足の踏み場もない。

「なにこれ……まさか泥棒⁉」

香琳は真っ青になった。

「んなわけないよね。身に覚えないの？」

「身に覚え……？」

起きてから玄関を出るまでの行動を思い出してみる。

犯人はすぐ特定できた……香琳だ。

おそるおそる隣りに目をやると、尚は不機嫌そうにため息をついた。

「自分の部屋の中はいいけど、台所とか共用部分はちゃんと片づけて」

だって、いつもは放っておいても、メイドが部屋をきれいにしてくれる。そもそも生まれてから一度も〝片づけ〟をしたことがないから、使ったものを片づけなきゃいけないなんて考えさえ浮かんでこない。

「それからここ、開けないでって言ったよね？」

仕切りの襖が開けたままになっている。でもそれは朝、センパイを起こそうとして……。

「あと、こんな時間まで何してたの？」

「それは──」

「共同生活なんだし、最低限のマナーは守ってくれる?」

センパイ、怒ってる。「だって」とあせって弁解しようとしたら、急に目の前がふらついて座り込んだ。

「折山さん? どうし……」

ぐーーーきゅるるるる。おなかの虫が大きな返事をしてくれる。

「……なんか食べるもの……」

朝も昼も抜きで何時間も歩き続けて、もうおなかと背中がくっつきそう。

「ねえ……俺、マジメに話してんだけど」

尚の声がますます尖(とが)った。香琳がふざけていると思ったらしい。

「頼むから、これ以上、折山さんのこと嫌いにさせないでよ」

冷たく言い捨て、自分の部屋に戻ろうとする。

これ以上嫌いにさせないで——尚の言葉が、香琳の胸をグサッと刺した。

「なんで? なんでもっと嫌われないといけないの……?」

我慢しようとしたけど、もう無理。

今日一日、香琳はすごくがんばった。十六年間生きてきた中で、こんなにがんばったことはない。なのに帰ったとたん怒られて、そのうえますます嫌われて……。

「だってなんにもわかんないんだもんっ！」

「え……」

　絶叫するなりボロボロ涙をこぼす香琳に、尚は少しうろたえた。

「シャワーお湯出ないし！　冷たすぎて心臓止まるかと思った！」

「お湯出るよ。え、水のまま浴びたの？」

「学校行く道、わかんないし」

「うそだろ」

　尚が目を丸くする。

「いつも車で送り迎えされてたのよ!?　学校も実家もこの家も、どこにあるかなんてわかんないわよ！　学校まで歩いたら終わってるし」

「歩いた？　電車じゃなくて？」

「ずっと迷ってたの！　また学校から家まで何時間も歩き続けて……おなかすくの、当然でしょ!?」

「え……朝から何も食べてないの？」

「お金ないし」

「お金預かったじゃん、生活費十万」

「そんなの知らない！　おまけに雨は降るし、コケるし滑るし、犬に靴取られるし、追いかけようとしたらおっきい車が通って……」

よくよく香琳を見ると、制服も靴下も汚れて、顔にも泥がはねている。

気の毒を通り過ぎて、尚は思わず「ぶっ」と噴き出してしまった。

「わかったわかった。しかしまさか、ここまでなんにもできないとは……」

香琳は、う、と詰まった。今日一日で、それは身に沁みている。

「でも、折山さんが全部悪いわけじゃなくて、育った環境が特殊だったからしかたがないよな。ガス式の古い風呂の使い方なんて、知るわけないか」

慰められているのか、けなされているのか。でも、さっきの軽蔑の入り混じったような声とはちがう気がする。

「最低限のことは教えるよ。わからないことはなんでも聞いて」

「えっ！」

香琳は涙に濡れた顔をパッと輝かせて、尚の肩に両手を置いた。

「センパイ、香琳がなんでもできたら嬉しい？」

「……まあ」

素直に喜ばれて、香琳に冷たく当たった尚は少しバツが悪そうだ。

「ほんと？」

「……うん」

「そうなったら香琳のこと好きになる⁉」

いま泣いたカラスがもう笑っている。

「ならないと思います」

「なんでぇ〜⁉」

今度は、この世の終わりのように体を投げ出して泣きわめく。

「……まあ少しは見直すかな」

恋のパワーとはおそろしい。その言葉ひとつで、みるみる元気が湧いてくる。

「わかった！　やる！」

起き上がって、また尚の肩をがしっとつかむ。

「できるようになって、香琳のこと、見直すどころか好きにさせてみせるから！」

仁王立ちになって、こぶしを握りしめるお嬢様。

「よし！　ハイ、片づけ一緒にやろ。センパイ、布団運んで。これはどこ？」

ちゃっかり尚にも手伝わせながら、香琳は張り切って部屋を片づけはじめた。

きのうとは打って変わって、今朝の香琳は希望とやる気に満ちあふれている。

ゆうべ、センパイはお湯の出し方を教えてくれて、香琳がシャワーしているあいだに、「ぎゅうどん」っていう、もンのすごく美味しい食べ物を買ってきてくれた。

毎日これ食べたいって言ったら、センパイは「毎日はやめとけ」って、笑っていたけれど……。

その笑顔が、とっても優しく見えたのは気のせい……？　きのうの笑顔は、なんていうか——そう、よそいきの作った笑顔じゃない、本物の笑顔！

あとは鶴木センパイに好きになってもらえば万事解決！　とりあえず、香琳がやればデキる子だって、わかってもらわなくっちゃ。

日曜日、香琳はスマホのアラームをかけて早起きした。

まずは部屋に掃除機をかける。教えてもらった操作は簡単だ。それに、ホコリやゴミがどんどん吸い込まれてキレイになっていくのって、けっこう快感。

「すごーい！　これセンパイが作ったの？」

「そんなわけないでしょ」

自分のシャツの裾まで吸い込まれたときはパニクって大騒ぎしちゃったけど、尚が飛んできてスイッチを切ってくれた。

ガスの火のつけ方、洗濯機の使い方、アイロンのかけ方。ひとつも知らなかった香琳は、尚に尊敬のまなざしを向ける。

電車に乗るときも、切符っていうチケットをいつの間にか用意して、スマートにエスコートしてくれた。

……センパイってスーパーマン？

できないことはないいし、しかもすごい美食家だ。美味しいものをたくさん知っていて、香琳にも買ってきてくれる。

カップ麺という食べ物には感動した。お湯を淹れて三分待つだけで、美味しいラーメンができあがるのだ。

「まだ」

待ち切れずに蓋を開けようとする香琳を、尚がメッとにらみつける。

「まだ」

何度も注意されて、やっとお許しが出る。

「……いいよ」

「すごーい！　どうやって食べるの？」

「どうやってって……フォークで吸う？」

素直にフォークを吸う香琳。

「フォーク吸ってどうすんの」

やれやれという顔で、尚がフォークで麺をすくって食べてみせる。

「……美味しい！」

ひと口食べては大喜びする香琳を見て、尚があきれたように笑う。でも、尚と差し向かいで食べたカップラーメンは、今まで食べたどんなお料理より美味しかった。

それに、手を伸ばせば触れられるほどのちっちゃいテーブルで一緒にごはんを食べていると、本当に結婚したんだなあって実感できる。ほかの女の子たちは、グラウンドの周りできゃあきゃあ騒いでるだけ。でも、香琳はちがうもの。

（……香琳のこと、早く好きになってくれるといいな……）

縁側の外では、おおざっぱに干された香琳の洗濯物と、きちんと干してある尚の洗濯物が、仲よく並んで風になびいていた。

♥

――それにしてもあのお嬢様育ち、なんにもできなさすぎだろ。

結婚式の翌日、家に帰ってきた尚は、散らかり放題の部屋を見て絶句した。

最初はそれこそ泥棒が入ったのかと思ったが、泥棒がドライヤーや化粧水を使うわけがない。全部、香琳のしわざだ。

しかも、尚は部活が終わって帰ってきたのに、帰宅部のはずの香琳はなかなか帰ってこない。連絡もしないでどこで遊びほうけているんだと腹が立った。共同生活の最低限のルールだろ。

そのとき、遠くで救急車のサイレンが聞こえた。

まさか、事故とかじゃ……急に心配になって外に飛び出そうとドアを開けたとき、ちょうど香琳が帰ってきたというわけだ。

翌朝、学校までの行き方を書いて渡して、電車の乗り方を教えて、その日だけ一緒に登校してやった。

本当に手のかかるお嬢様だ。

とにかく尚は家を出たかったから、結婚を受けてくれたことには感謝している。でも、それだけだ。香琳が顔で選んだと知って、気がラクになったくらいだ。

あれだけきっぱり突き放せば、距離を置けると思っていた。なのに……想像していた生活とちがうというか、逆に悩みの種が増えたというか。

（……つーか、なんで俺がこんなに気にしてやんなきゃなんないわけ？）

しかも要領よく、ちょいちょい俺に仕事押しつけるし。

部活のあと、帰りにコンビニに寄って家に向かう。手に提げたビニール袋の中には、カップ麺が二個。

……あんなに美味そうにカップラーメン食うやつ、初めて見たよ。

尚はクスッと笑った。

まあ、なんにもできないなりに、香琳は頑張っていろいろ覚えようと一生懸命だ。掃除機に食われそうになったり、洗濯機に箱の洗剤全部入れて泡だらけにしたりするけど……毎日、退屈だけはしない。

ガチャーーン！‼

家の前まできたとき、突然、中から大きな物音がして尚はビクッと凍りついた。

「いや、いやーっ！　助けて！」

香琳の悲鳴だ。

——強盗⁉　だからあれほどドアには鍵をかけろって……！

身動きできなかった体の呪縛がほどけたように、尚は家の中に飛び込んだ。

「どうした⁉」

「センパイ！　逃げて！」

エプロンをつけた香琳が飛んできて、尚の後ろに避難した。

ガス台にかけた鍋から、火山の噴火のようにポップコーンがバンバン飛び出している。ポップコーン弾の集中砲火を浴びながら、尚はコンロの火を止めた。

見ると、テーブルの上には、皿に盛りつけられた得体の知れないものが……。

「……芸術？」

「料理。自分でやろうと思って……」

それで顔は小麦粉だらけ、台所に火山まで出現させたわけか。

「新婚気取って料理しないでって言ったよね？」

「だから！　全部、香琳のなんです！　けど、作りすぎちゃって……」

「作りすぎって」

少なくとも五人分はある。

「ひとりでこんなに食べきれないし……捨てるくらいなら、センパイが食べてくれたらなって……だからルールを破ったわけじゃないんだから！」

言い訳なのはバレバレだが、食べ物を捨てるのは尚もしたくない。

ため息をついて椅子に座り、一番手前の、まだグツグツと煮え立っている謎の料理をおそるおそる口に運ぶ。

　香琳が息を詰めて尚を見ている。

「……味、どう？」

　声を失っている尚に、香琳がおずおずと聞いてきた。

「…………美味い」

　意外にも、めちゃくちゃ美味い。

　料理しないでと言ったのは、どうせ料理なんか作れないだろうと高をくっていたから、正直、冗談のつもりだったのだ。

「ほんと？　やった！」

　香琳が、褒められた子供のように嬉しそうな顔をする。

「え？　なにこれ？　すげぇ紫なのに」

　海老の濃厚な香りが食欲をそそり、シチューのようなリゾットのような料理を、尚はバクバクとほおばった。スパイスも効いていて、料理の正体は不明だが、味は抜群だ。

　そんな尚を見て安心したように、香琳も椅子に座った。

「いただきます！」

さすがお嬢様、行儀よく手を合わせてから箸を手に取る。

「あ、いただきます」

尚も慌てて手を合わせた。

「センパイは何がお好き？」

「んー」

「お母様の手料理とかで」

「別にない」

「え？」

「いや、あの人、料理しないし」

「ふーん……」

香琳は不思議そうに首をかしげ、「これも召し上がって」と、ブロッコリーが盛り盛りのサラダを勧めてきた。

う、と尚の箸が止まる。ほとんど好き嫌いはないのだが、小さい頃からこれだけは苦手なのだ。青臭いにおいも、噛(か)んだあとの、あのザラザラした食感も……思い出しただけで吐きそうになる。

固まっている尚の顔を、香琳がうかがうように覗き込む。

「もしかして、センパイ、ブロッコリー嫌い？」

「………………」

子供みたいに好き嫌いするなんてみっともない。

まさか、というように強気な目で香琳を見て、無理やり口の中に押し込んだ。こうなりゃ意地だ。咀嚼(そしゃく)する尚の顔が徐々に青くなっていく。

「センパイ、涙目になってる……」

ごくんと飲み込み、「何が？」と強がったわりに大急ぎで口の中に水を流し込む。

「使わない！　もう絶対ブロッコリー使わない！」

香琳はブロッコリーの皿を引っ込め、丼に盛った別の料理を出してきた。

「……これなに？」

もはや前衛芸術としか言いようのない見た目の料理である。

「わかんない」

「マジで？」

香琳はうなずくと、真剣な顔でずいっと丼を押し出した。

「いってみて！」

意を決して食べてみると、これまた美味い。部活でおなかが空(す)いていたこともあって、けっきょく、五分の四は尚の胃袋に収まってしまった。

「……あのさ、何かしてほしいことある？」

ふたりで食器を片づけながら、尚は香琳に聞いた。

「え？」

「借り、作りたくないし」

今さらだが、香琳との結婚を利用しておいて手料理を食べるなんて、ちょっと後ろめたいという気持ちもある。

「やった！　じゃあね！　えっと……」

香琳の目が輝くのを見て、尚は焦った。このお嬢様のこと、とんでもないことを言いだしそうだ。

「常識の範囲なら。ね、わかる？　常識の範囲」

「常識？」

香琳は眉を寄せて考え込んだ。そもそも、常識の基準がちがう世界に生まれ育ったので、見当がつかないらしい。

「……あっ！」

すごくいいことを思いついたように、香琳が声をあげた。

「下の名前で呼んで！」

「は？」

「……ダメ？」

しゅんとして、上目づかいに尚を見やる。

「……いや、いいけど」

そんなことでいいなら、お安い御用だ。

「よし！」

香琳は小さくガッツポーズすると、

「センパイは〝鶴木尚〟から〝折山尚〟になったわけだし、香琳が〝折山さん〟って呼ばれるのも、〝鶴木センパイ〟って呼ぶのもおかしいじゃない？　だから香琳も、センパイのこと、尚……」

得意げに解説していたが、そこでポッと顔が赤くなった。

「な、尚センパイって呼ぶね！」

こっちまで照れくさくなって視線を泳がせると、そばの棚の上に、ひと月分の生活費を入れてある封筒が出しっ放しになっている。

まったく……使ったらちゃんと引き出しに戻しておくよう、注意しておかないと。

なにげなく封筒の中を覗いた尚は、目をぱちくりさせた。

「……なあ香琳」

「はい！　なに！　尚センパイ！」

初めて名前を呼ばれて、香琳が嬉しそうに振り返る。

「これ、十万入ってたよね？」

「うん」

「なんで七百円しか入ってないの？」

封筒から残りのお金を出して見せると、香琳はキョトンとした。

「なんで？　それ一食分じゃないの？」

「うそだろ……」

慌てて中に入っていたレシートを見てみる。

「オマール海老六千五百円。オリーブ二千五百円、もやし……千百円⁉」

オマール海老六千五百円より、千百円のもやしの衝撃のほうが大きい。

「俺はいったいなに食ったんだ……？」

一食、九万九千三百円也。どれもこれも美味しいはずだ。

呆然としている尚を見て、香琳も異変に気づいたらしい。

「……怒ってる？」

「あきれてんの！」

イラ立って、香琳に背を向けて椅子に座った。

香琳にちゃんと説明しておかなかった自分の迂闊さにも腹が立つ。七百円で、あと半月……。どう考えても無理だ。学校に内緒で、部活のあと夜のバイトでもするしかない。

「これからは今までみたいにはいかないんだって。自立してかなきゃダメなんだよ。このお金だってお義父さんから――」

「パパからもらったお金」

背後から、香琳の声が聞こえる。

「そうパパ。なんて言えばいいんだ……」

「香琳、全部使っちゃった」

「そんなの言えるわけ……って、なにしてんの？」

振り返ると、いつの間にか香琳がスマホを耳に当てている。

「パパが今からおいでって」

電話を切って、悪びれもせずニコッとする。なんと、和紀に電話してしまったのだ。

「マジか……」

このお嬢様は……尚は頭を抱えた。


「お義父さん、お義母さん、すみませんでした！」

リビングに通されるやいなや、尚は和紀と明里に頭を下げた。

「え？　え？　なんでセンパイが謝るの？　使ったのは香琳……」

「迷惑かけたんだから。ちゃんと謝らないと」

諭すように言う尚を見る香琳が、尊敬のまなざしになる。

「やっぱり、十万は少なすぎたかしら？」

明里がすまなそうに言った。

「いえ、十分過ぎるほどいただいてます……僕の注意が足りませんでした。本当に申し訳ありません」

もう一度、深々と頭を下げる。

「尚くん、顔を上げて」

和紀が優しく声をかけた。

「僕らも悪かった。そう言えば、香琳にまったく普通の金銭感覚がどんなものかを教えてなかったなって……な？」

「うん！」

明るく返事をする香琳。

尚は内心、ため息をついた。これまで香琳が欲しがるものはなんでも買い与え、湯水のようにお金を使わせていたとは……。

そう言えば、結婚した翌日、香琳は飲まず食わずで家に帰ってきた。家にはデパートの外商がくるし、外での買い物は一緒についている鏑木が払ってくれるので、そもそも現金を持ったことがない。ゆえに香琳は財布すら持っていないという。尚が結婚したのは、そういうお嬢様なのだ。

「鏑木、足りない分を」

お金を持ってこさせようとした明里を、尚は急いで止めた。

「いいえ、残りのお金でなんとかします」

「え？」

香琳の目がまんまるになる。七百円あれば、もやしが二十袋は買えると、あとで教えておかねば。

「どうやって」

和紀もさすがに驚いている。

「ふたりでなんとかします」

尚がきっぱり答えると、香琳はその言葉に反応してたちまちヤル気になった。

「します！　ふたりで！」

すると和紀が感極まったように、

「……いいねぇ！」

「ねぇ！」

明里も感動の面持ちで同調する。

「尚様、香琳様、今晩はお泊まりいただいて」

鏑木が言うと、和紀と明里はさらにグッときたらしい。

「そういうのいいねぇ！」

「ねぇ！」

ウンウンウン、とうなずく香琳。

この親にして、この娘あり……。尚はあきらめの境地に達しつつあった。

♥

ベッドの前に立ったふたりのあいだに、ギクシャクした空気が流れる。

(今夜ついに、センパイと——!)

香琳は、ごくっと息をのんだ。

パパとママは香琳とセンパイが別々の部屋で寝ていることなんて知らないから、当然、香琳の部屋で、一緒のベッドで眠るものと思っている。結婚式を挙げた日から、初夜がずっとおあずけになっているなんて、夢にも思っていないにちがいない。

「……俺、こっちで」

そそくさとソファへ行こうとした尚のTシャツの裾を、香琳はとっさにつかんだ。

「なに?」

「……か、香琳、か、覚悟、できてます」

口に出したら、めちゃくちゃドキドキしてきた。

「だから、その……結婚、したんだから……その」

自分の心臓の音で耳が痛いくらい。部屋中に香琳のドキドキが響き渡っちゃってる気がする。

「……香琳は、なんで俺のこと嫌いじゃないわけ？」

「え？」

「愛のない結婚を仕組まれて、あんなボロい家で暮らすハメになって……香琳にとってこの結婚は厳しいことばっかりで、顔も見たくないってなるのがフツーだろ？　俺の見た目を気に入ってたんなら、なおさら——そうだよ……顔なんかで選ぶから、失敗すんだよ……！」

尚は語気を強めて、なぜかつらそうに顔を伏せた。でも、センパイ何かカンちがいしてない？

「センパイ。香琳はこの結婚、失敗したなんて思ってないけど？」

え……と尚が目をみはる。

「香琳、実家に帰りたいとか離婚したいとか、一度も思ったことないわ。まあ、尚センパイが香琳のこと大っ嫌いだったのは、ちょっと予想外だったけど……でもそれは、これから好きになってもらえばいいことよ！」

香琳はニッコリした。

あのボロ家にも慣れてきたし、大家さんも見た目とちがってあんがい優しい。タイヘンだなって思うこともあるけど、今まで知らなかったことを教えてもらったり、できなかったことができるようになるのは、けっこう楽しい。それに、尚センパイとなら、何をしていてもワクワクする。

顔も見たくないなんて、真逆だよ。できることなら、ずーーっと顔を見ていたい。ううん、顔だけじゃない。大きな手も、たくましい腕も、広い背中も、センパイの全部が香琳をドキドキさせるの。

もっとふたりでいろんなことしたい。ごはんを食べたり、おしゃべりしたり、本当の夫婦っぽく……。

「……一緒に寝たい」

うっかり願望が口から出てしまった。

「あっ、その……」

もじもじしている香琳を、突然、尚がベッドに押し倒した。

「え？」

「……覚悟、できてんだろ？」

両手を押さえつけられて、身動きができない。

「ちょ！　ちょっと待って！」

「今さら待てとかムリだから」

香琳の髪をなでながら、尚が顔を寄せてきた。

「ひゃっ⁉」

こっ……これはあの、〝フーフの営み〟の入り口⁉

熱い吐息が頬にかかって、香琳は頭の芯がのぼせたようになる。

お風呂で三時間、念入りにヘアケアもスキンケアもしたけどっ！

下着も超お気に入りのやつなんだけどっ！

──でも尚センパイ、ずっと怖い顔してる。ふつう、初めて結ばれるときっていうのは、もっとこう、幸せで胸がいっぱいになって──。

「……いやっ！」

慣れた手つきでネグリジェのボタンに手をかけた尚を、香琳は思わず押しのけた。

「なんだよ」

「……尚センパイ、なんか、慣れてる……」

「だったらなに？　男は嫌いじゃなきゃ、これくらい簡単にできんだよ」

……ってことは……？　ショックが大きすぎて、香琳は呆然となった。

「わかったら、軽々しく覚悟できてるとか──」

「えっ？」

「は？」

「すごい！　すごい！　嫌いじゃないって！」

　心はもう、高度一万メートルくらいには舞い上がっている。

「いま尚センパイ、香琳のこと嫌いじゃないって！　すごいわ香琳！『大っ嫌い！』からたった一週間で『嫌いじゃない』って！」

　鬼の首を取ったように大はしゃぎしている香琳に、尚はあぜんとした。

「これなら来週ぐらいには『好き』って言われる？」

　完全に調子づいている。

「……言わないです。おやすみ」

　拍子抜けしたらしい尚はベッドを下り、ソファに横になって香琳に背を向けた。

「おやすみなさーい！」

　嬉しすぎて、ばふん！　とベッドにダイブする香琳。

　ふふ。うふふ。ニヤけて口もとがゆるみっぱなしだ。

　センパイが香琳を大好きって言うまで、きっとあっという間ね。明日から、もっと頑張らなく……ちゃ……ｚｚｚ……。

「マジで寝た……？」

尚がそっとベッドに近寄ると、香琳はすやすやと寝息を立てて、気持ちよさそうに眠っていた。

「……ちょっとびっくりさせようとしただけなのに、ポジティブすぎんだろ……」

クスッと笑ったとき、ボタンが外れたままの胸元が目に入った。

——ちゃんと留めてから寝ろよ！

なめらかな白い肌を見ないように目をそらしつつ、布団を肩までかけてやる。その寝顔にはまだ嬉しそうな笑みが残っていて、胸がチクリとした。

資産家の友人夫婦が、ひとり娘の結婚相手を探している——香琳との結婚話を有頂天の母親から聞かされたとき、尚は戸惑った。

婿養子になれば、学校もやめなくて済む。けれど、尚がその花嫁を好きになることは、一生ないのだ。

損得ずくの政略結婚とはいえ、そんな不幸な結婚を女の子にさせていいのか……。

聞けば、香琳は同じ高校の一年生だという。

（……どんなコだろう？）

さりげなく聞き込み調査してみると、高校から外部入学した尚は知らなかったが、一貫生の中では超のつく有名人だった。

「先生も何も言えない、好き放題の資産家の令嬢」

「甘やかされて育ったワガママ娘」

……なんだ。そんなコなら、何も気にすることはない。そう自分に言い聞かせた。独り立ちできるようになったら、離婚でもなんでもしてやればいい。

グラウンドに迷い込んできたヘンな女の子が香琳だったと知ったのは、結婚式の当日だ。

白いウエディングドレスに身を包んだ彼女を見た瞬間、今と同じようにチクッと胸に後悔が走った。

目の前の香琳が、思っていたイメージとあまりにもちがっていたから——。

誓いのキスくらい、しようと思えばできた。でも、小さく震えている花嫁に、気持ちのないキスはできなかった。

なんとなく手を出して傷つけるようなこともしたくない。だから、新居の部屋を分けた。

「……なのに、人の気も知らないで……」

さっきはちょっとヤバかった。

噂どおりのワガママ娘だけれど、尚はもう知っている。

香琳が、本当はとても純粋ないい子だということ……。

自分との結婚とは別に自由に恋愛して、ちゃんと香琳のことを好きになって、大切にしてくれる相手を見つけてほしい。

香琳の寝顔を見つめながら、尚はそう思っていた。

昨夜の喜び覚めやらぬまま、香琳は元気いっぱい笑顔いっぱいで朝を迎えた。

久しぶりに豪勢な朝食を食べたあと、学校に行く香琳と尚を、和紀と明里が表まで見送ってくれる。

「尚くん、昨日はぐっすり眠れた？」

「ママ、そんなこと聞いたらダメだよ～」

「あらそう？」

ふたりが朝から能天気な会話を交わす。

「香琳はぐっすり～♪」

スキップしながら門へ向かう絶好調の香琳。尚のほうは、枕にしたフリルのクッションが柔らかすぎて、凝った首をコキコキしている。

「尚様、香琳様、まいりましょう」

鏑木が慇懃に促した。車寄せには、すでにリムジンが停まっている。

「いってらっしゃい」

和紀と明里がニコニコ手を振る。

「あ……」

尚が躊躇したことを、香琳はいち早く察知した。ポジティブがパワーアップして、尚に関することならカンが冴え渡っているのだ。

「鏑木、車はいらない。香琳たち電車で行くから」

「え！」

和紀と明里、鏑木がいっせいに驚きの声をあげた。

「ムダ遣いはよくないもの」

「ええ！」

香琳の口からそんな言葉が出てくるとは……和紀と明里、鏑木はほとんど驚愕の体である。

香琳の変貌ぶりが尚も信じられない。昨日は食材の買い出しにタクシーをチャーターしたようなお嬢様なのだ。

そのとき、香琳の前にお抱えシェフの宮園とコックたちが駆けてきた。

「香琳様！　尚様！」

　ふたりの前まできて、がばっと土下座する。

「申し訳ありませんでした！」

「宮園……？」

「私どもが何も考えず、高級な食材をご紹介したばっかりに、香琳様が……」

ひと月の生活費が一食分に消えた原因はこいつか！　鏑木の目が吊り上がった。

「宮園ー！」

覚悟を決めた宮園は、取り出したペティナイフで今にも腹をかっさばかんばかりだ。

そのとき――

「ごめんなさい！」

香琳がぺこりと頭を下げた。

「えええ！」

和紀と明里、鏑木にとってはもはや驚天動地の大事件だ。

「かかかか香琳様！　あああ頭を……」

恐縮するあまり宮園は震えが止まらない。

「迷惑かけたら、謝らないと」

きのう尚が言った言葉を口にする。そう、香琳だって学習したのだ。

「香琳、今までお皿投げたり、ちょっと気に入らないからってお料理めちゃくちゃにしたりして……ひとつ作るのも、すっごく大変なのね。自分で作ってみるまで知らなかったの」

香琳はそう言うと、改めて宮園たちに頭を下げた。

「今までごめんなさい。あと、今までずっと、美味しい料理をありがとう！」

「香琳様……！」

感涙にむせぶ宮園たち。

そんな光景を見て尚が微笑んでいると、鏑木が突然、尚の手を取った。

「ありがとうございます！」

興奮して声が裏返っている。

「え？」

「どけ！　鏑木！　私が先だ！」

さらに高ぶっている和紀が、鏑木を押しのけてガバッと尚を抱きしめる。

「ええ？」

「ありがとう尚くん！　香琳が……人に頭を……」

感激してあとの言葉が続かない。

「生まれて初めての『ごめんなさい』……」

明里もそばにきて、目頭を押さえる。

「はい？」

「うおおおお！」

宮園はこらえきれずに男泣き。

屋敷の前で繰り広げられる折山劇場の中で、尚ひとりだけが置いてけぼりになっている。

「パーティーだ！『香琳ごめんなさい記念』だ！」

和紀が命じ、「はい！」と使用人一同、さっそく準備に取りかかる。何かにつけ香琳の記念パーティーが催されるので、みな行動がすばやい。

香琳も「素敵！」とノッている。

「あ、いや学校……！」

執事たちに担がれて家の中へ連れ戻されそうになりながら、尚は必死で叫んだ。

ちょうど朝のラッシュの時間にぶつかって、香琳と尚の乗っている車両に大勢の人が乗り込んできた。

「この電車、人気があるの？」

人気って、と尚が笑う。通学の電車は、あまり混まないのだ。

「こんなもんだよ」

満員電車に慣れていない香琳は、電車のスピードが変わるたびにあっちへ流されこっちへ流され、やっと戻ってきたと思ったらまた流されそうになる。

ふいに尚が香琳の手をつかみ、自分のところに引き寄せた。

「え……？」

センパイのほうから手をつないでくれるなんて。

「ウロウロされると迷惑なの」

「でもあの……尚センパイ……いいの？」

「何が？」

「だってこれだけ人がいたら、同じ学校の人、絶対いるよ。結婚のことバレたらダメだって……」

「でも香琳が降りる駅まちがえたりして、はぐれるほうが面倒だから」

小さな香琳の手が、大きな尚の手の中にしっかりと包まれている。

「……ありがと……」

ドキドキしながら、香琳はお礼を言った。

電車がホームに到着し、どっと乗客が降りていく。

「……尚センパイ？」

「ん？」

「今の駅、すごいいっぱい人が降りたね」

「あー……乗り換え多い駅だから」

「あの……香琳、もう大丈夫だよ……？」

「うん？」

「手」

「え？」

まだ手をつないでいたことに気づいて、尚が慌てて手を放す。

「……降りんの、次の次」

照れくさそうに、そっぽを向く尚。

「……うん」

香琳もはにかみながらうなずいた。

ふたりで手に手を取り合って苦労を乗り越えた暁には、夫婦の絆が深まっているはず……そう考えると、貧乏生活もぜんぜん苦じゃない。

お昼、学食で尚の姿を発見した。別のテーブルに座っているけれど、ふたりとも昼ごはんは同じ、一番安い素うどんだ。

それぞれ手を合わせて、チラッと視線を交わす。

尚がふっと笑った。

香琳もふふっと笑う。

「いただきます」と手を合わせる尚。

「いただきます」と香琳も手を合わせる。

なんだか、一気にセンパイとの距離が縮まった気がする！

「どした？」

ふいに声をかけられて、香琳は「ぶ！」とうどんを噴いた。

五十鈴だ。飛んできた麺をさっとよけて香琳の前に座る。

「なんで七十円のうどん見て笑ってんの？」

五十鈴のほうは、学食で一番高いスペシャルAランチセット、しかもプリンのデザート付き。うどんが三十杯食べられる！

「あ～……香琳たち、お金ないから節約しないと」

ふたりを気にして見ていた尚が、うどんを噴きそうになる。

「香琳たち？」

五十鈴が眉を寄せた。

向こうから尚が、ダメだやめろと香琳に目配せしてくる。

「いや、ちがう！　なんだ、えーと」

おたおたしている香琳に、五十鈴が顔を近づけてきた。

「カーリー、この俺に隠しごとなんてできると思ってんの？」

「あ、えーっと………思って、ない」

香琳は素直に認めた。

「だろ」

五十鈴にうそをつこうとしても、これまで一度として騙しおおせたことがない。たぶん透視能力があるのだと香琳はにらんでいる……って、そんなわけはなくて、香琳がうそをついても全部顔に出てしまうからだ。

「大遅刻したあの日から様子がおかしかったよな……格好もヨレヨレだし、車の送り迎えもないし、そんな庶民の食うもん食ってるし……俺、もうわかったから」

「えっ!!」

　まさか、リンリンに尚センパイと結婚してることバレちゃったの!?

　五十鈴は香琳を見据え、声を潜めた。

「おじさんの会社、とうとう倒産したんだな……？」

「え」

「あのお人よしのカタマリみてーなおじさんだもんな……いつか絶対そうなると思ってたよ」

「ちが……」

　五十鈴は頭から思い込んでいて、香琳が誤解を解く隙を与えない。

「ほら、エビフライやるよ。好きだろカーリー」

　やたら香琳になれなれしい、女みたいな可愛い顔した男。

（あいつ、誰だ……？）

尚は眉をひそめたあと、ハッとした。

いや、どうでもいいし。あまり女友達もいなそうな香琳に、あんな男友達がいたことがちょっと意外だっただけだ。

箸を止めて見ていると、尚狙いの女子生徒たちが色めきたってやってきた。

「鶴木先輩! なんでうどんだけぇ? 足りないですよ!」

「私たちのお弁当、一緒に食べてください!」

「いや、いいんだ」

お弁当もバレンタインのチョコも誕生日のプレゼントも、尚は誰からも受け取らないようにしている。うっかりもらってしまうと、不公平だのなんだのと大騒ぎになって面倒くさいからだ。

「鶴木先輩、遠慮しないで!」

ひとりの女子が強引に差し出したお弁当には、色鮮やかなブロッコリーが……。

「ほんとにいいから」

断っても、「ダメですよう、食べてください!」と押しつけてくる。青くさいにおいが鼻にきて、尚はウッとなった。

「その人! ブロッコリー嫌いだと思います!」

突如、学食じゅうに響き渡る大きな声。いっせいに視線が声の主に集中する。

むろん香琳だ。立ち上がって、ご丁寧にも尚のほうを指さしている。

「はあ？」

五十鈴がプリンを食べていた手を止め、けげんな顔になった。

「はあ？」

女子生徒たちも妙な目で見ている。

「はぁぁ……」

口に出すまえに考えろよ……尚は頭を抱えた。

「……そ、そんな顔してますよぉ」

もっとマシな言い訳があるだろうが！　さらに頭痛が尚を襲う。

香琳はごまかし笑いしながら、こそこそと椅子に座った。

そんな香琳に、五十鈴が哀れむような視線を向ける。香琳の最近の奇行は度を超している。よほど親の倒産がこたえたのだ。

「ごめん。ホント大丈夫だから」

尚は食べ終わった器をお盆に載せて席を立った。これ以上ボロが出ないうちに、というか、香琳がボロを出さないうちに退散しよう。

通路を出口に向かって歩いていこうとした、そのとき――。

ガシャーン！

容器の落ちる音がして、尚はビクッと振り向いた。

ストレートの黒髪を肩まで垂らした、可憐な女子生徒がにっこり笑っている。

「……沙綾」

思わず名前を呼んでしまった。久しぶりに口にするその名前は、今もまだ少し苦い。

「はあ？」

顔色を変えてまた立ち上がった香琳を、五十鈴がいたわるように見る。

「カーリー……幼なじみのよしみで俺が助けてやるから、心配すんな」

しかし香琳は、尚と謎の女子生徒に目が釘付けだ。

つかのま紗綾と見つめ合ったあと、尚はくるりと背を向け、学食を出ていった。


今日はやたら気疲れする一日だったな……。

学校から帰ってきて玄関のドアを開けた尚は、不思議そうに立ち止まった。

いつもなら「おかえりなさーい！」と飛ぶように駆け寄ってくる香琳が、こっちに背を向けて椅子に座っている。

「尚センパイ……ちょっとそこ座って」

爪の手入れをしながら、ぞんざいに言う。

「……は？」

「座って」

いつになく硬い声で振り返る。その顔は、どうも怒っているようだ。

首をかしげながらも、香琳の対面の椅子に座る。

「どうした？　なんかあった？」

「自分の胸に手を当てて考えてみれば？」

言われたとおり、胸に手を当ててみる。

……俺、なんかしたっけ？　香琳のことなら思い当たることは山ほどあるが……。

「ん？」

すると、香琳が焦れたように言った。

「今日の女の人、誰？」

「女の人？」

ジトッとした目で尚を見つめてくる。

「食堂の……お皿落とした……」

「ああ……」

沙綾のことか。皿を落としたのは、あれはたぶん、わざとだ。カンのいい紗綾は、香琳と尚に何かあると気づいたのかもしれない。

「……まえ、同じクラスだった子だよ」

疑わしそうにまとわりつく香琳の視線を避けて、さらりと流した。

「まえ同じクラスだった子を、名前で呼びますか？」

香琳が詰問口調になる。

「なに？」

「妻のカンが言ってますもの。『あれはただの友達って雰囲気じゃないわ。きっと何かあるわ』って」

「……なに言ってんの？」

こっちは夫のカンが言っている。やめとけ。正直に答えようものなら、確実に面倒くさいことになるぞ。

「まさか不倫……!?」

どこまで妄想が飛躍するのか。

「だっておかしいもの！　名前で呼んだもの！　見つめるもの！　絵本にないもの！」

わけのわからないことを叫び、ドンドンとテーブルを叩く香琳。

その声が、その音が、尚の嫌な記憶を呼び覚ました。

「お姫様はお城、王子様はよその女のところって……悔しいもの！」

きいいっっと香琳がテーブルクロスを引っ張った拍子に、上に載っていたネイルのボトルや花瓶が落ちて大きな音を立てた。

「よせって！」

思わず大声で怒鳴った。香琳がびっくりして目を丸くする。

怯(おび)えたような香琳の顔に気づき、尚はハッとわれに返った。

「……ごめん……コンビニ行ってくる……」

まだ固まっている香琳を残して、尚は部屋を出ていった。


……怒鳴るつもりじゃなかったのに……。

尚は川にかかった橋に寄りかかり、ぼんやりと佇(たたず)んでいた。

尚のトラウマは、両親の不仲のせいだ。

大学時代に起業した父親は、最初はトントン拍子に仕事がうまくいき、相当な利益をあげていたらしい。

でも、長くは続かなかった。若気の至りで始めた事業に失敗して巨額の借金を抱え、尚が物心ついたときには、両親はお金のことでケンカばかりしていた。

父親はそれからも借金をふくらませ、なまじ顔がいいばっかりに女にモテて浮気を繰り返す。

どうしようもない父親だったが、それでも家にいないぶん、顔を合わせずにすむからマシだった。

「顔だけが取り柄のくせに……なんなのよ！　なんであたしばっかり！」

母親の怜華（れいか）は、幼い尚に向かってヒステリックに当たり散らした。そういう自分も夫を見た目で選んだことは、すっかり棚に上げている。

「明里はいいわ。和紀と結婚して、優雅に暮らして……！」

資産家の息子と結婚した親友が妬ましくて、うっぷんを晴らすために何枚食器を割ったことか……。

そして最後に、怜華は決まって尚にこう言った。

「あんたなんか産まなきゃよかった！」

ガシャンガシャンという皿の割れる音は、耳を塞いでも刃（やいば）のように突き刺さって尚の心をズタズタにした。

今も大きな物音を聞くと、冷や汗が出て動悸がする。

金銭的に余裕のない家庭状況なのに、尚が学費の高い有名私立校に入ったのは、怜華の見栄のためだ。

ところが、尚が高校生になってしばらくすると、父親は借金を残したまま派遣社員の若い女と駆け落ちしてしまった。

「どうしてあたしがこんなみじめな目に……っ！」

プライドの高い怜華のヒステリーはますますひどくなった。

——自業自得だろ。顔なんかで結婚相手を選ぶから、こんなことになるんだ。それに親父だって、こんな女のいる家に帰る気なんかなくなるだろ……。

息苦しい家に帰るのがイヤで、尚はなるべく遅くまで外でぶらついた。紗綾とつき合うようになったのも、その頃だ。

いよいよ生活が苦しくなって、もう自分が高校をやめて働くしかない——尚がそう覚悟を決めた矢先の、香琳との結婚話。

一日も早く家を出たかった尚には、願ってもない話だった。

相手なんて誰でもよかったし、あの家を出られれば、なんでもよかったのだ。

――妻のヤキモチって醜いわ……。

♥

香琳は、昨夜の自分の態度を猛烈に反省していた。

センパイは小一時間ほどして帰ってきたけれど、食事もせずに自分の部屋に入ってしまった。

――きっと香琳にあきれてるのね……。

今朝も会話を交わすことなく、気まずい空気のまま尚は先に家を出ていった。

香琳ったら、あんなに一方的にセンパイを問い詰めたりして。そうよ、まず敵を知ることから始めなくちゃ！

嫉妬のあまり己が暴走しているとは露も思わず、門の陰で登校してくる生徒を待ち構える。

あれじゃない……これでもない……それともちがう……。

あたしがフランス人形なら、彼女は日本人形って感じ？　香琳のほうが可愛いのはまちがいないけど、彼女もまあまあキレイだった……。

「何してるの？」

「人を探してるの」

「ふうん……香琳、ちゃん？」

名前を呼ばれて振り返ると、なんと目当ての日本人形、じゃない彼女が立ってい
る！

「だよね？」

紗綾は、余裕しゃくしゃくの笑みを浮かべて言った。

「ちょっといい？」

愛人のほうから妻に挑んでくるとは――！　香琳はごくりとつばを飲み込んだ。

「……望むところです」

人気のない、体育館前の廊下に移動する。

沙綾と向かい合った香琳はファイティングポーズを取り、完全に臨戦態勢だ。

「つき合ってるんでしょ？　彼と」

紗綾がズバリ聞いてきた。

「つき合ってる……というより、もう少し深い感じ？」

精いっぱい虚勢を張る。仮面とはいえ、いちおう書類上は夫婦なんだから、うそじ

ゃない。

「彼とは別れて」

「ぐわ!」

先制攻撃を受けて、思わずよろめいた。

「尚ってさ……」

「センパイつけず尚!」

間髪入れず強烈な二発目がきて、再びよろめく。

「『尚』って! 香琳でも呼べてないのに……」

「あ、ごめんね。クセで……私、まえにつき合ってたんだ。尚と」

があぁぁぁぁん!

つき合ってたって、つき合ってたって、元カノってことだよね? 不倫疑惑は晴れたけれど、ダメージは大きい。

でも、なんでその元カノが「別れて」なんて……まだセンパイに未練があるってこと?

「……そ、それで?」

息がハァハァ荒くなる。あなたと刺し違えてもセンパイを渡したりしないから!

気分はもう韓流ドラマのヒロインである。

「あ、別れてって言ったのは、私、香琳ちゃんが心配なの」

「え？」

予想外の言葉が返ってきて、香琳はキョトンとした。

「尚があなたとつき合うって、きっと金目当てよ……」

紗綾がいかにも気の毒そうに眉をひそめる。

「彼の家ってすごい借金があるの。で、あなた折山グループのお嬢様でしょ？　だから」

わかるでしょ、というように目配せし、優越感を漂わせて苦笑した。

「尚って顔だけはいいから、騙されちゃったと思うんだ。あたしは借金のことがわかってすぐ別れたんだけど……だって、巻き込まれたりしたら怖いじゃない？　ヤクザとかさ」

「……金目当て……」

黙って紗綾の話を聞いていた香琳は、ぽつっとつぶやいた。

「そう」

「え？　お金目当てだとダメ？」

香琳は逆にびっくりして聞き返した。

「……は？」

「だって香琳の家はお金いっぱいあるし、尚センパイのお家は足りないんでしょ？じゃあ助けてあげればいいんじゃない？」

「え？」

賢そうって思ったけど、紗綾さんてちょっと残念なのね。

「あるところから、ないところに」

手振りを交えて、わかりやすいように説明してあげる。

「……いや、待って待って……」

なんなのこの子……今度は紗綾がヨロッとする番だ。

「あ、沙綾さんのお家もお金ないんですか？」

香琳としたことが、そんなことも気づかないなんて。だからセンパイのこと助けてあげられなくて、別れちゃったんだ。

「お金、欲しい？」

「は？」

「パパに電話してお願いしましょうか。あ、でも『自分のことは自分で』って尚センパイが言ってたけど……」

困ったわ。どうしたらいいのかしら。香琳が真剣に悩んでいると、

「いやちがうんだって！」

今度は紗綾がハァハァ息を荒くしている。

「……か……香琳ちゃんだって、尚の顔目当てでしょ？」

「顔目当て……」

「そう」

「え？　顔で選んで何が悪いの？」

「……はあ？」

「完全顔目当て！」

香琳が力強く言い切り、紗綾の目が点になる。

「尚センパイの顔ってすごいの！　ちょっと見るだけですっごく幸せな気持ちになるもの！」

「あの……」

「初めて見たときに確信したもん、香琳の王子様はこの人だって！」

「だから……」

「金目当てと顔目当て……わっ！　なんかイイ感じ！」

「ちょっと……」

ポジティブモンスターと化した香琳を止められる者は、もはやこの地球上に存在しない。

「あっ！　沙綾さん、もしかしてそれを香琳に気づかせるために……？　どうもありがとう！」

ぺこんとお辞儀をする香琳に、紗綾は完全に毒気を抜かれてしまっている。

「……どういたしまして……」

香琳は機嫌よく「じゃ！」と手をあげ、スキップしながら戻っていった。

「あの子……バカなの？」

なぜか敗北感満載で紗綾が見送っていると、背後で「ぶっ」と笑い声が聞こえてきた。

「あははは！」

物陰に隠れて話を聞いていたらしい尚が、背中を丸めるようにして笑っている。

「尚！　どうして」

「……香琳とおまえがどっか行くのが見えたから。何すんのかと思って……あいつってすげぇな」

　そう言って、また明るく笑う。

「……尚がそんなふうに笑ってるとこ、初めて見た」

　紗綾はびっくりしたように言い、そしてちょっと悔しそうな、悲しそうな表情を浮かべた。

「あたしとつき合ってるときは、いっつもどこか上の空だったよね……学校ですれちがっても、気づいてくれたことなんかなかったのに」

「紗綾」

「一緒にいても、たんなる時間潰しみたいだった」

　紗綾が尚に声をかけてきたのは、いつも最後まで残っていた自習室だ。

　それからつき合うようになって、両親が遅くまで帰ってこない紗綾の家に入り浸っていた——半年くらいして、家の借金のことで別れを告げられるまでは。

「……ごめん。でも、あの頃は、紗綾の存在に救われてたよ」

　そんな尚を、紗綾がまじまじと見る。

「……尚、変わったね。あの子のせい？」

「そんなことは……」

「バッカみたい。まあ、尚に謝ってもらえたし……もういいわ」

そう言うと、紗綾は去っていった。

——俺が、変わった？

たしかに、香琳というお嬢様はちっとも思いどおりにならなくて、最初に思っていた結婚生活とはぜんぜんちがう。毎日がこんなはずじゃなかったの連続で……自分の変わりように、自分が一番驚いている。

香琳と一緒にいると、なぜ俺はいつも心から笑っているんだろう。

第4章

風呂場から、香琳のシャワーの音が聞こえてくる。

香琳と話したい。椅子に腰かけた拍子に、窓ガラスに映った自分の顔が目に入った。

今までずっと、父親に似ているこの顔が嫌いだった。母親は、尚を見ると夫を思い出すと言って、不機嫌そうにそっぽを向く。

でも……香琳が、俺の顔をちょっと見るだけで幸せになる――そう言ってくれたあのとき、救われたような気がした。

そっか。この顔も悪いことばかりじゃないのか。

頭にタオルを巻いた香琳が、尚を気にしながら風呂から上がってきた。おずおずと目をそらし、自分の部屋に行こうとする。

「おいで」

椅子を引いて座るように促す。

「……はい」

戸惑いながらも椅子に座った香琳の髪を、ドライヤーで乾かしてやる。ちょっとした昼間の礼のつもりだ。

こんな穏やかな気持ちは、いつぶりだろう。

「……あのさ……俺、そんなにカッコいいかな？」

「え！」

「あ、いやまちがえた、ちがうちがう、その、なんての？　あの、俺って顔だけだって……」

「尚センパイはカッコいい！」

秒で返事が返ってきた。

「それに優しいし、真面目だし、香琳にいろいろ教えてくれるし」

指折り数えて挙げていく。

「成績もいいし、サッカーもできる。それはどっちでもいい」

と、香琳の肩が心持ちこわばった。

「彼女がいたのは、ちょっとショックだったけど……香琳と結婚するまえのことだから……我慢する」

香琳は気を取り直したように、再び指を折りはじめた。

「あ、あといい匂いするし、髪の毛きれいで、歯白いし……熱っ！　ちょっと熱いよ」

頭にドライヤーを近づけすぎた。

「あ、悪い」

「あとは」

「もういいよ……」

「うん」

香琳は嬉しそうに微笑み、目を閉じて尚に髪をまかせている。

だから、香琳は気づいていない。尚の顔が、ちょっぴり赤くなっていることに。

翌日、夜遅く尚が家に帰ってくると、なぜか部屋の中が暗い。

香琳はもう帰っているはず。不思議に思って電気をつけると、香琳が椅子に亡霊のように腰かけている。

「うわ！　びっくりした！」

「尚センパイ……ちょっとそこ座って」

「……は？」

「座って」

今度はなんだ？　小さくため息をつき、香琳の対面の椅子に座る。

「こんな遅くまでどちらへ？　……やっぱりよそに誰かいい人がいらっしゃるのかしら？」

また何を言いだすかと思えば。

「図書館でテスト勉強してたんだけど」

「テスト勉強？」

まるで初めて聞く言葉のように、おうむ返しに聞き返してくる。

「え？　テスト前だから勉強」

「テスト前？」

「え？　テスト……」

「テスト？」

「テスト……え、うそだろ」

「テスト……？」

「……テイラー・スイフト」

「友達だよ」

「スゴイね」

お嬢様のゴージャスな交友関係に感心している場合じゃない。一瞬、テストの存在を知らないのかと思ったが、さすがにそうではなく、「テストのために勉強する」ということを、これまでいっさいしてこなかったらしい。

試しに、教科書を持ってこさせて問題をやらせてみる。

現国・古典、英語、数学、日本史……×印だらけだ。あまりの出来の悪さにがく然としつつ、冗談で聞いてみる。

「香琳……いくらなんでも九九は言えるよな？」

「もちろん！」

「七×六は？」

「四十八！」

「……英語で金曜日は？」

「Ｇｏｌｄｄａｙ！」

「…………香琳。日本の初代首相は？」

「パパ！　うそ、パパのパパ！」

「おい」

冗談なのか本気なのか。尚はため息をついた。

「どうやって高校入ったの？　いくらエスカレーターでも試験あったでしょ？」

「カン！」

いっそ潔い。しかし、カンだけで義務教育の九年間をやり過ごしてきたとは……おそるべき強運の持ち主だ。

「あと鏑木」

あの執事、裏でどんな手を回したものやら。

「あと、リンリンがヤマ張ってくれて……」

「リンリン？」

「幼なじみ。香琳が困ってるといつも助けてくれるの。ホラ、こないだ食堂にいたでしょ？」

「ああ……」

香琳と親しそうにしていた、あの男か。なんとなくイラッとする……いや、ヤキモチとかでは断じてなく、仮にも、自分の妻が他人に迷惑をかけることに、いい気持ちがしないだけだ。

「やろう」

「え？」

「俺が教えるから」

尚に言われて、香琳は現金なほどヤル気になった。

「やる！」

「範囲、何ページから？」

「範囲ってなに？」

そこからか……出鼻をくじかれてガクッとなる。

「おい。香琳、いいか？　赤点っていうのがあって、高校ではそれ取ると、ずうーっとずうーっと一年なんだぞ」

「尚センパイが卒業しても？」

「そうだ」

「こわっ！　赤点こわっ！　やる！」

香琳は慌てて教科書を開いた。

とにかく、教科書のテスト範囲を十回ずつ読め。

尚の指示に従って、香琳は夜遅くまで、授業中も休み時間も教科書を読むことに熱中した。最初はチンプンカンプンだったのに、辞書やネットで調べながら繰り返し読んでいくうちに、だんだん「わからないところがわかる」までになった。

♥

そして、そこを帰宅後、尚に教わるのだ。

尚の教え方は、先生よりもずっと丁寧でわかりやすい。

「だから、この公式を当てはめて……って、香琳、聞いてる?」

「聞いてまーす」

メガネをかけた尚に見とれてしまって、頭のほうがお留守になってしまうという難点はあったが。

何日かして、バッテンの中に初めてマルが現れた。香琳が頑張って問題を解いてみせると、尚はすごく嬉しそうに笑ってくれる。

「すごい、意外とやるじゃん」

「やったー！」

それがまた嬉しくて、香琳の頑張りに拍車がかかる。

さらに、授業中にノートを広げて問題を解き、手を挙げるという快挙も成し遂げた。

「折山！　おまえどうしたんだ！」

先生が腰を抜かすほど驚き、教室じゅうにどよめきが走ったのは言うまでもない。

「具合でも悪いのか？」

五十鈴が失礼なことを聞いてくるが、笑ってやりすごす。

しかし、香琳はうっかり忘れていた。こと香琳に関して、五十鈴がエスパーなみの能力を発揮するということを……。


「次のページ」

放課後、香琳が図書館で勉強していると、五十鈴が現れた。

「あ、そっか」

集中しすぎて、上の空で返事をする。

「絵本じゃねぇんだ？」

「うわっ！」

大声をあげた香琳を、テスト勉強していた生徒たちがにらんでくる。

「シーッ」

五十鈴が人差し指を口にあて、香琳の横に座った。

「ねえ、なんで急に頑張ってんの？」

疑惑のまなざしを向けつつ、五十鈴がぐっと顔を近づけてくる。

「俺が教えてやろうか？」

「……な、なに？」

「誰かのため？」

「はあああ⁉」

図星を突かれて思わず立ち上がった。

「だから、静かに」

非難の目が香琳に集中し、小さくなって腰を下ろす。

「わかりやすいんだよ、カーリーは」

「むぐぐ……」

カンがよすぎるのよ、リンリンは！

「……彼氏のため？」

あ、外れた！　香琳は勝ち誇ってツンと顎を上げた。

「ブブー！　ちがいますぅ。残念でした。あ、香琳、授業がありますので」

ペンとノートをしまい、そそくさと立ち上がる。

「補習だろ」

「ごきげんよう。片づけよろしく！」

「え？」

あー忙し忙し、と言いながら小走りに立ち去る。

「……彼氏じゃないのか？　あれ？」

五十鈴の独り言が耳に届き、香琳はこっそりほくそ笑んだ。

「……夫です」

それも、とびっきりカッコよくて優しくて、スポーツ万能、おまけに頭脳明晰のダンナ様だ。

「ねぇ」

「ん？」

「なんで尚センパイは勉強するの？　成績いいのに」

お天気のいい休日、家の前にテーブルと椅子を出して、ふたりで勉強しているときに聞いてみた。

尚は毎日、土日も部活をやっているのに、学年で三位から順位を落としたことはないらしい。一方の香琳はと言えば、小中を通して常に後ろから三番目以内。ある意味安定のクォリティーと言おうか。

「俺、学費免除狙ってるし」

「学費？　パパが出してくれてるんじゃないの？」

「んー、けど自分でできることはしたいから……それに、勉強って進学するためにするもんじゃないし。社会に出てから必要なことを、今のうちにいろいろ始めておかないと。じゃないと、お義父さんの会社を継ぐなんてとてもできないだろ」

さすが香琳のダンナ様。そんな先のことまでしっかり考えてるなんて……！

感激している香琳に、尚が少し照れくさそうに言う。

「あと俺、けっこう学校好きなんだよね。……変？」

香琳はぶんぶん首を振った。そんな尚が好きだし、尚が好きな場所なら香琳も好きになる。

「……ねぇねぇ！」

「はい」

「もし香琳が赤点じゃなかったら、ご褒美くれない？」

身を乗り出す香琳に、尚が苦笑交じりに言い返す。

「おかしいでしょ。教える俺がご褒美もらうんでしょ」

「だってそのほうが頑張れるし！」

目をキラキラさせながら、両手を合わせてお願いのポーズ。

尚はちょっと迷うように香琳の顔を見ていたが、根負けしたように言った。

「……何が欲しいの？」

「やったーーっ!!」

「常識の範囲で」

喜色満面の香琳に、尚が慌ててつけ加える。

「江の島！」

「江の島？」

「そこに鐘があるの！　パパとママが言ってた。小さい頃からずっと行ってみたかったの。だから……デート！」

いきなり夫婦になったから、尚とは一度もデートしたことがない。ふつうの恋人同士みたいに、ずっとふたりでどこかにお出かけしてみたかったのだ。

「その鐘ってどういう鐘？」

「それは、えーっと……天女と龍の伝説があるっぽくて……とにかく、鐘を鳴らしたら幸せになれるんだって！」

本当は恋人たちのラブ・パワースポットなのだけれど、引かれてしまわないように濁しておく。

「なんだよ、アバウトだな」

尚は苦笑してから、ついに言った。

「……考えとく」

「いよっし！」

ガッツポーズすると、尚は声を強めて念を押した。

「考えとく。Do you understand ?」

「I got it !!」

ノーモア赤点！　イエス、アイキャン！

頑張ると決めたら一直線、目の下にくまを作り、フラフラになるまで勉強して、香琳はテスト期間を乗り切った。

馬にニンジン、犬に肉の骨、香琳に江の島。

まさに全力で一週間を駆け抜け、ついに審判が下される日がきた。

これまでかろうじて赤点はない。残すは、一番苦手な数学の一科目のみ。

先生が教壇に立ち、答案を返却する。

◆

「最高点は海老名」

生徒から歓声が上がった。

当然のように答案用紙を受け取り、席に戻っていく五十鈴。小さい頃から一流の家庭教師陣がついて英才教育を受けている五十鈴は、トップを譲ったことがない。というかトップ以外、許されないらしい。

ちなみに香琳の場合、しょっちゅう家庭教師から逃げ出して、そんなに香琳が嫌がるならと、両親は早々に勉強させることをあきらめた。

だって学校から帰ってからも勉強するなんて、頭がショートしちゃったらどうするの——と、思っていたけれど、実際にやってみたらアラ不思議。乾いたスポンジが水を吸収するがごとく、勉強したことがすんなり頭に入ってきた。

今回は、カンに頼るのをやめて、初めて実力で挑んだテストだ。

「折山」

香琳は胸の前で手を組んで祈り、緊張しながら答案用紙を受け取った。

江の島江の島江の島……口の中で呪文のように唱えながら、おそるおそる答案用紙の点数を見てみる。

「！！！！」

赤点じゃない！　声にならない喜びの声をあげ、ぴょんぴょんと飛び跳ねるように席に戻っていく。

ふと窓の外を見ると、体育の時間らしく、体操服姿の尚を発見した。

(見て見てセンパイ!!　赤点じゃなかったよ!!)

四十六点の答案用紙を振って合図する。

気づいた尚は苦笑を浮かべて背を向け、グラウンドのほうへ歩いていきながら、やったな、というようにこぶしを突き上げた。

「！！！！！！」

またまた声にならない声で喜んでいる香琳に、後ろの席の五十鈴が「どした?」と聞いてきた。

「江のし……んぐ！」

やっぱ！　急いで口を押さえ、「……なんでもない」と慌ててごまかす。

五十鈴はいぶかしそうに窓の外に目を向け、体操服の背中を険しい表情でじっと見つめていた。


どんなお洋服着ていこうかな。そうだ、お弁当も作っていこう！

「四十六点……江の島……」

超短期間で詰め込んだ勉強内容はきれいさっぱり消え失せて、香琳の頭の中はもう、江の島デートのことでいっぱいだ。

でもそのまえに、スーパーでお買い物して帰らなくちゃ！

タイムセールで安い食材を買い、尚よりも早く帰って料理を作る。毎日多めに作り・・・・すぎてしまう晩ごはんを、尚はしぶしぶ、でもきれいに平らげてくれる。

今夜はなににしようかな……？

足取り軽くスーパーに向かって歩いていると、突然、目の前に屈強な男たちが立ち塞がった。

「え？」

すばやく目隠しをされ、お神輿のように担ぎ上げられて車に乗せられる。

「なになになになにぃ！」

まさか……身代金目当ての誘拐!?　がっちりと両脇を固められていて、逃げ出すどころか身動きもできない。

しばらくして車から降ろされた香琳は、なにやら椅子に座らされた。

「目隠し外せよ」

誰かが声をかけてくる。

「やだ！　怖い！」

「外せよ」

「やだ！　ここどこ？　香琳、誘拐したって今、四百二十二円しかないのよ!!」

叫ぶと同時に、目隠しを外される。

「なんでそんだけしか金がねぇの？　カーリー」

対面に、五十鈴が座っていた。

「リンリン！」

見回せば、何度もきたことのある、海老名家の庭である。誘拐犯の男たちは、五十鈴のSPたちだ。

「なんでそんなに貧乏してんの？　聞いたけど、おじさんの会社、倒産なんかしてないじゃん」

「あ、あれはリンリンが勝手に誤解して……」

五十鈴が、SPのひとりに渡された書類と写真を香琳の前にドサッと放ってきた。

「折山香琳、十六歳、鶴木尚、十八歳。二〇××年〇月〇日、セントロココマリアにて挙式、黒久間区役所に婚姻届を提出。鶴木尚は折山尚となる。その後、築四十八年の長屋で同居を開始」

書類の表紙に、『折山香琳・鶴木尚に関する身辺調査報告書』とある。写真には、結婚式のときの香琳と尚、そしてボロ家に入っていくふたりの姿がはっきりと――。

「調べたの？」

動揺している香琳を、五十鈴はじっと見つめて言った。

「高校生同士で結婚ってどういうことだよ……うそつけないカーリーが『彼氏じゃない』って……こういうことかよ」

「リンリン」

「それも政略結婚だって？　信じらんねぇバカだな！　顔だけの男にだまされて、なんで高一で結婚なんか……！」

　悔しそうに顔をゆがめる五十鈴の心に、香琳はもちろん思い至らない。

「リンリン！　誰にも言わないで」

「誰にも言わないよ」

「ホント？」

　よかった！　今のところバレているのはリンリンだけ。リンリンさえ口止めできれば、バレてないのと同じってことだ。

「絶対よ!?」

　ホッとして、指切りげんまんしようと小指を差し出す。

「ああ……その代わり、今すぐ離婚しろよ」

「え？」

　香琳は小指を引っ込め、首をかしげた。

「……離婚したらリンリンに黙っててもらう意味ないじゃない」

　クッソ引っかからなかったか、というように五十鈴が舌打ちする。

「離婚しろ。そうじゃなけりゃ学校に結婚のことをバラす。大騒ぎになって、ふたりとも退学だ」

香琳は真っ青になった。いったいリンリンになんの権利があって、そんな脅しみたいな選択を迫ってくるの！

「ムリ！　離婚なんか絶対しない！」

断固抗議したが、五十鈴は聞く耳を持たず立ち上がった。

「カーリー、好きなほう選べよ。選ぶまで帰さないから」

ばかリンリン、どうしてこんなヒドいこと――。

海老名家の和室で、香琳は膝を抱えてしょんぼりと座っていた。

もう十時を過ぎている。今ごろ、センパイとふたりでイチャイチャしながら……はわかんないけど、江の島デートの計画を立てているはずだったのに……。

畳の上に置いたスマホが震える。尚からだ。

香琳の帰りが遅いから、心配してくれてるんだ……。

さっきから十分おきに電話がかかってきて、着信履歴は尚の名前がずらっと並んでいる。

本当は今すぐセンパイに相談したい。けど、結婚のことがバレたなんて言ったら、また「大っ嫌い」って言われちゃうかもしれない。

少しずつ、センパイとの距離が近づいてきたのに……「嫌い」より「好き」のほうにセンパイの気持ちが振れてると感じるのは、気のせいじゃないよね？

でも、香琳はともかく、あんなに学校が好きな尚センパイを退学にするなんてできないし……。

ああもう、どうすればいいの！

頭を抱えたとき、再びスマホが鳴った。見ると、着信画面の名前は『パパ』だ。

これぞ地獄に仏！　即座にスマホを耳に当てる。

「パパ！　どうしよ、リンリンがヒドイの――」

「おい！」

「な、尚センパイ！」

スマホのバカ、パパじゃないじゃない！

「なに俺の着信無視してんだよ」

「なんでパパの」

「連絡つかないから、香琳の実家まで探しにきたの！」

「ご……ごめんなさい……」

そこまで心配してくれてたなんて、思ってもみなかった。申し訳なさの反面、そのことが嬉しくて、胸の奥の小さな鈴がちりんと鳴る。

ねえセンパイ。好きじゃなきゃ、こんなに心配したりしないよね？

「で？　今どこ？」

「それは……」

「さっき〝リンリン〟つったな。そいつと一緒にいんのか？」

明らかに声が尖っている。

学校ではサワヤカで愛想がいいのに、ふたりのときは、けっこうせっかちで怒りんぼ。でもそんな尚を知っているのは自分だけだと思うと、またしても胸の奥の小鈴がちりんちりんと音を響かせる。

「かーりーん!?」

「……言ったら怒る」

「怒んないから言え」

「怒ってる！」

少し涙声になって言うと、電話の向こうで小さなため息が漏れた。

「……とりあえず無事なんだな？」

「うん」

尚がホッとしている気配がする。

そして、本当のセンパイはすごく優しい——。

「いま迎えにいく」

その言葉が頼もしくて、香琳は監禁状態にもかかわらず、幸せな気分になってしまった。

♥

……これが海老名家か。

和紀から住所を聞いてやってきた尚は、ごくりと息をのんだ。武家屋敷かと見まがうような、重厚な門構えの家だ。

香琳の幼なじみだというから、良家のボンボンだろうとは思っていたが、まさか「リンリン」があの海老名グループの御曹司だったとは——。

腹を決めてインターフォンを押すと、猛牛のように頑丈そうな黒ずくめのSPが出てきて、長い廊下の先にある和室の客間に通された。

周囲に立った屈強な男たちが無言で尚を威圧してくる。手荒なことはしないだろうが、とてもくつろげる気分じゃない。

精いっぱい気を張り、正座して待っていると、しばらくして五十鈴が現れた。

「いいよ、ふたりにして」

五十鈴が命じると、男たちは一礼し、足音もなく部屋から消えていった。

「なに？」

正面に座り、にらみつけるように尚を見てくる。

「香琳を引き取りにきた」

「返すわけねぇじゃん」

フンとバカにしたように鼻を鳴らす。だが、尚も引くつもりはない。

「……だったら、夫として警察に通報する」

「笑わせんな。なにが夫だよ……あんたがあいつに、それらしいことやったことあんのかよ？」

五十鈴の視線が、にわかに険しくなった。

「香琳の親父に取り入って、借金の肩代わりしてもらって……あんたは学校も続けられる。そのための結婚……完全、金目当てだよね。ちがう？」

ちがわない。五十鈴の言うとおりだ。

「聞いてんだけど？　香琳への気持ちもないんでしょ？」

そうだ。五十鈴の言うとおり——のはずだった。

「……今はちがう」

「わかんない」

「……香琳を……いつか……」

途切れ途切れの言葉に、五十鈴は怒りを爆発させて尚の胸倉をつかみ上げた。

「今、幸せじゃねぇだろ!!　ボロッボロの家住んで、貧乏くせえもん食って！　毎日ヘトヘトで！　俺は、ガキんときからあいつを見てる。あんな香琳は見たくねぇんだよ！」

ただの幼なじみじゃない。こいつは、本気で香琳のことが好きなんだ。

「知ってる？　理想の王子様って」

尚の胸から手を放した五十鈴の表情が、ふっとやわらいだ。

「あいつ、十六にもなって絵本の王子様に憧れてんだよ。ドレス着て、一緒にダンスして、みんなに祝われて結婚式。それがあいつの望みなんだよ。あんたそれ一個でも叶えてやったの？」

なにも言い返せなかった。ドレスを用意したのは、香琳の両親だ。指輪交換もしていない、ひとりの招待客もない結婚式。俺は香琳にもらうばかりで、何も与えてやれてない。

それでも香琳は、自分勝手な俺との結婚生活を一生懸命、本物にしようとして……。

「俺は、あいつの望み、全部叶える」

五十鈴が、射るようなまなざしを尚に向ける。

「わかったか」

そう言うと、客間を出ていった。

ひと言も言い返せず、ひとり残された尚は、膝の上でぎゅっとこぶしを握りしめた。

俺はバカだ。香琳を奪われるかもしれない今になってやっと、自分の気持ちにハッキリ気づくなんて——。

「車、きますんで」

SPが先に立って尚を案内していく。

そこへ、五十鈴に連れられた香琳が玄関から出てきた。

「尚センパイ！」

尚の姿を見つけたとたん、子犬のように駆け寄ってくる。

「……香琳」

「リンリンが勝手に……でも絶対言わないでってお願いするね！」

人に頭を下げたことなんかないお嬢様のくせに、俺のために——尚は、香琳の肩にそっと手を置いた。

「……もう大丈夫だから。海老名とは話がついてる」

尚が微笑むと、香琳の肩からみるみる力が抜けた。

「ほんと？　よかった！」

「香琳。あの、家の電気さ、止められたみたいでつかないんだよ。だから当分、実家にいて」

香琳の目が、こぼれそうなほど大きく見開かれる。

「なにそれ！　別居！」

そんな香琳の肩に両手を置いて、優しく微笑む。

「ちがうよ。電気通ったら……」

「おい！」

いつまでやってんだ早くしろ。五十鈴がイライラした表情でにらみつけてくる。

尚は小さくうなずき、香琳と一緒に門の外へ出た。

「さ、乗って」

横づけされていた車の後部座席に香琳を押し込み、自分は乗らずに扉を閉めた。

香琳との結婚は家同士のことだから、自分ひとりで離婚は決められない。答えを出すまで、香琳とは別々に暮らす――それで、とりあえず五十鈴を納得させたのだ。

しかし、なにも知らない香琳は驚いて窓から顔を出した。

「乗らないの!? やっぱり別居！」

「大げさに言うなって」

車の窓に顔を近づけ、誰にも聞こえないよう香琳に小声でささやく。

「明日の朝十時、ご褒美の場所で」

「へ？」

「行ってください」

運転手に言うと、車はすぐに発車した。

遠ざかっていく車の窓から、香琳が満面の笑みで手を振っている。

車のテールランプが見えなくなってもまだ、尚は道に佇んでいた。

♥

雲ひとつない快晴の空の下に、クジラがのんびり泳いでいるような緑の島。

夏になると必ずテレビに出てくる見慣れた光景だが、実際に見るのは久しぶりだ。

江の島に渡る弁天橋(べんてんばし)は観光客で混み合うが、まだ時間が早いせいかそう人出はなく、隣接している車両専用の大橋の交通量も、それほど多くない。

早めに着いた尚が長い橋の真ん中あたりで待っていると、大きなバスケットを抱えた香琳が、駅のほうからぴょんぴょん跳ねるように駆けてきた。

「尚センパーイ!」

大きく手を振る。浮かれているのが丸わかりで、尚は苦笑した。

「お待たせ!」

香琳が息を切らせて尚の前に立つ。遅刻常習犯の香琳が今日は十分も早い。

「持つよ」

言いながら、お弁当が入っているらしいバスケットに手を伸ばした。

「え、あ、ありがとう」

「可愛いじゃん」

「え？」

「今日のカッコ」

ふんわり巻いた髪にオレンジ色のサロペットが、香琳によく似合っている。

「いよぉっし！　やった」

お得意の、優勝したボクサーみたいに両手を突き上げてガッツポーズをする香琳を見て、尚の頬がゆるむ。

「すごく迷ったの。センパイ、どんな服が好きか聞いておけばよかったなって……デートの服選ぶのって難しいのね。知らなかった」

一生懸命な香琳がいじらしくて、抱きしめたくなって困った。

「で、どこにあるの？　その鐘」

香琳が行きたがっているのは、香琳の両親が恋人時代に訪れたという、江の島のデートスポットらしい。

「んー、たぶん上のほう！」

「たぶんって……」

香琳にまかせていたら、明日の朝になってしまいそうだ。でも、香琳となら、迷子になっても楽しい気がする。

「あ、でもそのまえに」

ここから十分ほど歩くと、海岸に面した人気の水族館がある。尚は小学校の頃にきたことがあって、香琳が喜びそうだと思ったのだ。

案の定、香琳は社会科見学にきていた小学生以上に大はしゃぎで、エイの顔に大笑いしたり、マイワシの大群と一緒に泳ぐ真似（まね）をしたり……。

この水族館の目玉のひとつはクラゲで、いろんな種類のクラゲが凝った展示をしてある。ライトアップされて漂うクラゲは神秘的で、いつまでも見飽きない。

気づかないうちに互いの顔がくっついてドキッとするというハプニングもありながら、ふたりは館内を回った。

「あっ、センパイ、イルカショーがある！」

イベントスケジュールを見て、大のイルカ好きだという香琳が尚を引っぱっていく。

屋外のショースタジアムは富士山や江の島が見え、海からの潮風が心地いい。

音楽に合わせたイルカのジャンプに手を叩き、可愛いアシカたちのパフォーマンスに大喜びする。

気づけば尚は、そんな香琳の横顔を切なく見つめていた。

水族館を満喫したあと、天気がいいので、海岸に行ってみようと尚が提案した。

「んーー気持ちいいな。俺、雲とか海とか見るの好きなんだよな。色とか形とかどんどん変わるから、いつまでも見てられる」

「じゃあ香琳も好き！」

「なんだよそれ」

尚はクスクス笑った。

海開きまえの海水浴場はまだ人もまばらで、散歩している親子や、海上にサーファーたちがチラホラ見えるくらいだ。

「あっ、見て尚センパイ！　サッカーやってる」

香琳の指さすほうに目をやると、砂浜で地元の少年たちがサッカーをしている。

「へえ。なかなかうまいじゃん」

見物していると、尚の近くにボールが転がってきた。

「すいませーん！　こっち蹴ってくださーい！」

尚がゴールに向かってシュートを決める。少年たちから「スッゲー！」と歓声があがった。もちろん香琳も「センパイ、カッコいい！」と高速で拍手する。

「一緒にやろうよ！」

「おう」

尚がジャケットを脱いで仲間に入り、なぜかサッカー未経験の香琳も参戦する。

浜辺に楽しそうな声が響き渡る。時間を忘れてボールを追っているうちに、いつの間にか、お昼をだいぶ過ぎていた。

サッカー少年たちと別れ、ふたりは砂浜にシートを広げて座った。

「香琳、お弁当作ってきたの！」

香琳がバスケットからランチボックスを取り出した。

尚が蓋を開けると、豪快にステーキが挟んであるサンドイッチだ。

ひとつ取り出して、パクッとひと口。

「……美味い」

見た目はかなり個性的だが、香琳の作る料理は本当にどれも美味しい。

「九万円です」

真面目くさって香琳が手を出す。

「高っ！」

ふたりにしかわからないジョーク。尚も香琳も声を立てて笑った。

キラキラ光る午後の海を眺めながら、ゆっくりした時間が流れていく。

「尚センパイは、お肉とバナナが好き」

香琳が指を折る。

「うん」

「サッカーと、勉強も好き」

「うん」

「ブロッコリーが苦手」

「そう」

「あ、あとおっきい音。お皿とか割れる音が苦手」

「……知ってた？」

「うん」

そっか――俺のこと、よく見てくれてるんだな。

「……俺、けっこう最近まで思ってたんだよね……」

尚は自然と口にしていた。

香琳が「ん？」と首をかしげる。

「あ、いや……母親がさ、すぐ物割って怒鳴るんだよ。『あんたなんか産まなきゃよかった』って。借金抱えて出てっちゃった親父に顔が似てんだって。顔目当て?」

自嘲気味に笑う尚を、香琳は黙って見つめている。

「ずーっと母親の怒鳴り声と物の壊れる音聞いてたらさ……俺、なんのために生まれてきたんだろって。……って、ごめん。重いな」

こんな話、仲のいい友達にも、彼女だった沙綾にもしたことがない。デート中にするような話じゃないってこともわかっている。

でも、なぜか香琳には、情けない自分を見せてもいいような気が——。

「わかった!」

真剣に考えこんでいた香琳が、勢いよく尚のほうへ身を乗り出してきた。

「……はい?」

「あるの! 割れないお皿!」

「ん?」

「香琳もね、ワガママ言ってお皿割ったりしてたから、パパがね、家中のお皿を割れないヤツに変えちゃったの!」

「え?」

「プレゼントしよ! お母様に! 鏑木に聞けばすぐよ!」

さっそくスマホを取り出して、鏑木に電話をかけようとする。

「何枚頼めばいいかしら」

が、あぜんとしている尚に気づいて、香琳は急に眉をしかめた。

「……お母様、けっこう割る派？」

「ぶっ！」

尚は思わず噴き出してしまった。

「尚センパイ？」

「あっははは！」

ダメだ、笑いが止まらない。どうして香琳と話してると、いつも本筋からズレてくるのか。

「香琳……」

笑いが収まると、尚はきょとんとしている香琳を引き寄せて、後ろから自分のジャケットの中に包み込んだ。

「え？」

香琳がびっくりして固まる。

「……俺のトラウマ……バカみたいだな」

こうして笑い飛ばしてしまえるほどの、その程度のことだったんだ。無駄に背負っていた肩の荷が下りて、すーっと心が軽くなっていく。

「……尚センパイが、生まれてきてよかった」

香琳が振り返り、尚を見上げて微笑んだ。

「香琳は、そう思ってるわ」

世界じゅうで一番、信じられる言葉だ。今の尚には、腕の中のこの存在が、何よりも誰よりも大切で、愛(いと)おしい。

「ゆうべさ、結婚してから初めて、ひとりだったろ？　香琳がいないとすっげぇ静かで……ちょっとさみしかったよ」

「えっ!?」

「ほんと……こんなに笑って楽しく過ごすつもりじゃなかったのに」

尚はフフッと笑った。

「結婚したのが香琳じゃなかったら、こんなふうにならなかった。だから恩返しっていうか……香琳の行きたいところとかやりたいこと、なんでもしてやりたいって思って」

でも、なぜか香琳は尚から体を離し、うつむき加減になった。

「……恩返しのためなら、鐘鳴らさなくていい。だってあれは……」

「恋を叶えるための鐘……だろ？」

香琳が驚いて顔を上げた。

「知ってたの？」

「恩返しのためだけに、俺は鐘を鳴らしたりしないよ」

「……え？」

だからこそ――だからこそ、決めたんだ。

「行こう……鐘鳴らしに」

尚は、香琳の手を取って立ち上がった。

♥

弁天橋を通って、デートの一番の目的地、江の島に渡る。

香琳は心も体もふわふわして、空も飛べそうな気分だ。

（神様、夢なら覚めませんように！）

水族館、砂浜のサッカー、一緒に食べたお弁当。どの瞬間も最高に楽しくて、早くも脳内でハッピーメモリーをエンドレスにリフレインしてしまう。

しかも、あれはなんだったの！　後ろからギューッって！　ギューッって！　おまけに、香琳がいなくてさみしかったって！

いつも辛口のセンパイが、あんなに嬉しいことばっかり言ってくれるなんて――めまいがしそう。

こんな幸せなデートをしてもらえるなんて、やっぱり夢なんじゃないかと、尚と並んで歩きながら、香琳はゆるみっぱなしのほっぺをつねってみた。

「痛っ！」

「どうした？」

尚が気遣うように香琳を振り返る。

「う、ううん。あの、この靴がちょっと」

とっさに言い訳したが、実際、香琳が履いているヒールの高い靴だと足をひねりそうになる。こんなに階段や坂道が多い島だとは思わなかったのだ。

「……そういうのは、早く言えよ」

尚が、照れくさそうに腕をさしだしてくれる。

「え……」

キャーッキャーッ。まさか腕を組んで歩けるなんて。まるで周りとおんなじラブラブカップルじゃない？

「タコせんべい、熱いから気をつけてね」

「知ってるよ。……熱っ！」

「ほらぁ」

尚が心を許してくれているのがわかって、香琳はすっかり舞い上がっていた。

だから、縁結びにご利益があるという神社も、ピンクのハートの絵馬も、ふつうなら貪欲に食いついているところだけれど余裕でスルーした。

だって今さら縁結びなんて、結婚している香琳たちには必要ない。

目指すは、恋人の丘にある「龍恋の鐘」だ。

展望灯台を過ぎ、山の中の遊歩道を歩いていくと、見晴らしのいい高台に出た。

靴のせいもあってけっこうな距離だったけど、センパイがずっと手をつないでいてくれたから、もっと遠くてもいいと思ったくらい……。

目の前に広がる空と海が、茜色に染まっている。ため息が出るような夕暮れの光景に、ふたりともしばらく言葉をなくして見入ってしまった。

そして、手をつないだまま、鐘の前に立つ。想像していたよりも、小さくて可愛らしい鐘だ。

一緒に鐘を鳴らすと、永遠の愛が叶う——尚は、あちこちで見かけるパンフや看板で、そのいわれをとっくに知っていたらしい。

なのにこうして香琳とここにきてくれたってことは、自惚れてもいいんだよね？

そう思う反面、やっぱり始まりが「大っ嫌い」だっただけに、一抹の不安が胸をかすめる。

「センパイ……ほんとにいいの？　鳴らしたら香琳との仲、永遠になっちゃうよ……？」

珍しく遠慮がちに聞いてみる。

尚はそんな香琳の顔を見つめ、なぜかちょっぴり切なそうにフッと笑った。

「……そうなったらいいよな」

ふたりで綱をつかみ、せーの、で鐘を鳴らす。

カァーン——意外にも大きい鐘の音が鳴り響いた。

ああ……ついに香琳は尚センパイと両想いになれたんだ！

あたりに余韻を残しながら、音が小さくなっていく。

もうこの結婚は、愛のない政略結婚なんかじゃない。香琳たちはお互いを想い合う、れっきとした愛あふれる夫婦に――。

「香琳」

尚が名前を呼んだ。

「はい」

このロケーションとシチュエーション。どんな愛の言葉をもらえるかと、香琳は信じて疑わずに、隣りに立っている尚を見上げた。

「離婚しよう」

抑揚のない尚の声と同時に、美しい夕日が、ジュッと音を立てて水平線に沈んでいった。

第5章

あれ……？　いつ電車に乗ったっけ。

江の島から、どこをどうやって帰ってきたのか、何も思い出せない。

香琳は空っぽのバスケットを提げ、とぼとぼと歩いて家に帰ってきた。

家と言っても、実家ではない。ふたりで暮らした、ボロ家のほうに無意識に足が向いていた。

たったひと晩いなかっただけなのに、ひどく懐かしい気がする。

玄関を開け、中に入った。

初めは、絶対にこんな家で暮らせないって思っていた。なのに、今ではもう、なんでもそろっている広い実家より、好きなものでいっぱいのオシャレな自分の部屋より、狭くて不便でボロボロの……百均の安っぽい装飾品で香琳が精いっぱいおめかしした、この家のほうがはるかに愛着がある。

室内は暗く、シンと静まり返っている。

無意識に電気のスイッチを押した。

パッと部屋が明るくなって、香琳は思わず目を細めた。

「……尚センパイのうそつき」

電気が止められたっていうのは、香琳をこの家に帰らせないためだったんだ。

開け放たれたドアの向こう——尚の部屋は、きちんと畳まれた布団と机があるだけで、ほかの荷物は全部、洋服も教科書もすべて無くなっている。

ぼんやりした頭でも、ひとつだけ、はっきりと理解できた。

（——センパイ……本当に出てっちゃったんだ……）

尚と暮らした数ヵ月間が、コマ送りの映像のように頭の中を流れていく。

結婚初夜に、尚から「大っ嫌い」と言われて目の前が真っ暗になったのは、もう遠い昔のことのようだ。

短い間だったけれど、いろんなことがあった。小さな家のあちこちに、尚との思い出が宝物のように輝いている。

畳に座って、それぞれ洗濯物をたたんだ日曜日の昼下がり。

台所では、尚が皿洗いで、香琳が拭く係。

あの小さなテーブルで、毎晩ごはんを食べて、勉強を教わった……。

そのテーブルに、紙切れが一枚、置いてあった。婚姻届と似ているけれど、ふたりの関係をまるで別のものにしてしまう、一枚の紙。

テーブルの離婚届には、すでに尚の署名があり、判が押されている。

もう何も見たくなくて、香琳はまた電気を消した。

リコンショウ――尚の声がよみがえった。

センパイは、最初から決めていたんだ。なのにどうして？

香琳がかわいそうだから、最後にデートしてくれたの？

香琳のこと好きじゃないのに、あんなふうに後ろからギュッってしたり、手をつないだりできるの？

ずっと一緒にいられたらいいって言ってくれた、あの言葉もうそ？

心が近づいたような気がしていたのは、香琳のカン違いだった？

思わせぶりなことをして、からかっただけ？

答えの見つからない疑問が、次から次へと浮かんでくる。

わからない……わからないよ。

「うっ……ううう……うわああああああ」

心がポキンと折れる音と同時に膝から力が抜け、香琳は暗い部屋の中でひとり泣き崩れた。

♥

——香琳、ごめん。……本当にごめん。

離婚しようと告げたときの香琳の表情を思い出すと、胸が張り裂けそうになる。

でも、こうするのが一番いいんだ。

自分に言い聞かせながら、学校の廊下を歩いていく。

一緒に暮らしはじめて、香琳がいい子だと知れば知るほど、尚は罪悪感でいっぱいになった。結婚するっていうことを、ただ同居するくらいにしか考えていなかった自分の浅はかさが悔やまれる。

結婚って、そんなものじゃない。そのことを尚に教えてくれたのは、香琳だ。

生活能力は皆無だったけれど、香琳はそれまでの裕福な暮らしとは真逆の尚との生活を受け入れて、必死に頑張っていた。

尚とちがって、この結婚に一生を捧げる覚悟が、香琳にはちゃんとあった。

なのに自分ときたら、香琳のことをよく知ろうともせず、写真だけで相手を決めるような女なら大事にする必要はないなんて、頭から決めつけた。

そのせいで、香琳をたくさん傷つけた。

香琳なら、ちゃんと愛されて、幸せな結婚をできたはずなのに。欲得ずくの政略結婚に巻き込んだことを、尚は心から後悔していた。

そんなとき、五十鈴が現れた。

——あいつといたほうが、お嬢様育ちの香琳に合った生活ができる。香琳の望みを全部叶えてやれる。

何も持っていない、香琳に何もしてやれない自分の無力さに、尚は打ちのめされた。

——それに、あいつは小さい頃からずっと香琳のことを想ってきた。俺なんかより、きっと香琳を幸せにしてくれる……。

「やめる?」

退学を申し出ると、担任教師はおうむ返しに聞き返した。

「はい」

「なんで? 急にどうした?」

優秀な生徒をやめさせたくない教師はなんとか思いとどまらせようとしたが、尚はただ頭を下げて職員室をあとにした。


自宅のマンションに帰ると、母の怜華が尚を待ち構えていた。

「尚！　あんた学校までやめるって、なに考えてんの？」

尚が理由を告げなかったこともあって、さっそく担任から連絡がきたらしい。

「折山から援助がなくなって、これからどうすんのよ！　ねぇ！」

頭の中は金のことばっかりか。

「……もう決めたことだから」

「無責任よ！　あんたもあいつと同じ！」

一方的に尚を責め立てる。

尚は黙ったまま、自分の部屋に入ってドアの鍵を閉めた。これからどうするかなんて、今はまだ考えられない。

「出てきて、ちゃんと説明しなさい！」

尚はベッドにごろんと横たわった。部屋の外ではまだ、母親の金切り声がしている。

次にくるのは、皿の割れる音だ。

いつものように動悸がしてきたとき、ふと香琳の顔が浮かんだ。

香琳に教えてもらった〝割れない皿〟を買いにいこうか……。

フッと笑いが込み上げて、動悸が次第に収まっていく。

思っていることが全部顔に出てしまう香琳。笑ったり怒ったり、泣いたり喜んだり……よくもまあ、あんなにくるくる表情が変わるものだ。

でも、そんな香琳といると、尚もありのままの、本当の自分でいることができた。

——離婚したらもう、香琳とは会わない。俺みたいなのは、彼女の近くにいるべきじゃない……。

まっすぐに、純粋に、一途に俺のことを想ってくれた。そんな人が花嫁になってくれた幸せに、今頃になって気づいてももう遅いんだ……。

♥

折山家は、まるでお通夜のような重苦しい空気に包まれていた。

昨夜、香琳は世界の終焉を見てきたかのような顔で帰ってきた。出かけていったときは、羽でも生えているかのような浮かれようだったのに……。それきり、朝になっても昼になっても、また夜がきたというのに、自分の部屋に閉じこもっている。

メイドが運んでいった食事にも、いっさい手をつけない。時おり聞こえてくる小さな嗚咽で、鏑木が生存確認しているような状態だ。

和紀と明里もまた、ショックで呆然となっていた。

「尚くんは、本気なんだな……」

ピアノの前に座った和紀が、気の抜けた『エリーゼのために』を弾く。

隣りに立った明里が、悲しそうに目を伏せた。

ふたりとも、尚を本当の息子のように思っていたのだ。てっきり香琳と幸せな結婚生活を送っているものと思い込んでいたから、本人から香琳と離婚したいと告げられたときは、天地がひっくり返るほど驚いたものだ。

「鏑木、どうにもならないか？」

尚に理由を聞いても「全部自分が悪い」の一点張りで、説得のしようもない。

「おふたりは、未成年ですがコドモではございません」

傍らに立っていた万能の執事が、珍しく声に苦渋を滲ませて言った。

「……昨日の夜、先代も言ってた」

和紀と明里は、同時にため息をついた。

♥

香琳はベッドから起き上がる気力もなく、涙腺は寝ても覚めても崩壊状態。目の奥に泉が湧き出ているんじゃないかと思うくらい、涙が止まらない。

不思議の国のアリスが自分の作った涙の池に落っこちたみたいに、香琳のベッドもいつか沈んでしまうかも。

それならそれでいい。香琳が溺れて死んでしまったら、センパイは後悔して悲しんでくれるかしら……?

くだらない妄想をしてめそめそ泣いていると、ドアの開く音がして、誰かが部屋に入ってきた。

「カーリー。いつまで学校休んでるんだよ」

リンリンだ。幼稚舎の頃から互いの家を行き来しているので、こうして勝手に部屋に入ってくる。

「……香琳は眠り姫になるの」

「なにバカなこと言ってんだよ」

「もう眠り姫のままま、目覚めなくてもいいわ……」

本当は腫れ上がったまぶたが重くて、目が開けられないのだが。

しばらく黙っていた五十鈴が、香琳の枕元に座った。

「泣くなよ」

そう言いながら、指先でそっと頬の涙を拭う。

いつもなら、「とっとと起きろ」ってほっぺたつねるのに、リンリンがいつになく優しい。

「……泣いてない」

人を拉致して、センパイと離婚しろって脅してきたくせに——と、そこで香琳はガバッと跳ね起きた。

「ねぇ……リンリンがセンパイに言ったんじゃないの？　離婚しろって」

重いまぶたをこじ開けて、五十鈴をにらみつける。

すると、五十鈴は今まで見たことのないような真面目な顔で、香琳と向き合った。

「あいつはさ……俺に言われたとかじゃなくって、おまえのこと考えて、出した答えだと思う」

「……香琳のことを……？」

「わかってやれよ」

五十鈴に言われなくても、尚が香琳の気持ちを弄ぶような人じゃないってことは――妻だった香琳が、一番よくわかっている。

センパイを恨む気持ちも、責める気持ちも、一ミリもない。

だって思い出すのは、センパイの優しい笑顔だけだから――。

「……香琳、離婚してあげてもよくってよ」

涙をぐいっと拭い、精いっぱい強がって、香琳は言った。

香琳が願えば、叶わないことはひとつもない。でも、センパイが決めたのなら、妻の香琳は従うしかない。

自分の願いよりも何よりも、香琳はセンパイのことが好きだから……。

「カーリー。遊びに行こう」

五十鈴がニコッとして、香琳の手をつかんだ。

「俺があいつなんか忘れさせてやる」

……とはいえ、香琳もまさか、海老名家の自家用ジェットでヨーロッパにひとっ飛びするとは思いもしなかった。

「リンリン家って、オーストリアにこんな素敵なところ持ってたのね……」

思わずため息が出た。二頭立ての白い馬車が到着したのは、おとぎ話に出てくるような、ロマンチックなお城だ。

何着もの煌(きら)びやかなドレスの中からオフショルダーの深紅のドレスを選び、ヘアメイクをしてもらう。鏡に映る香琳は、まるで映画の中のプリンセスのよう。

シャンデリアの輝く舞踏場に入っていくと、タキシードを着た五十鈴が王子様のように迎えてくれる。

「夢だったんだろ？　絵本のお姫さま」

そう言って五十鈴が香琳の頭に載せたのは、薔薇をモチーフにした、本物のダイヤモンドティアラだ。

いったいいくらするんだろう——なんて、以前は考えもしなかったようなことが脳裏をよぎる。

ふたりだけの舞踏会のために、オーケストラボックスで室内楽の演奏が始まった。

「踊ってくれますか？」

五十鈴が手を差し伸べる。

「……はい」

優雅なステップで、くるくる回りながらウィンナ・ワルツを踊る。

香琳がずーっと夢見てきた、理想の世界そのままだ。いつしか、香琳に笑顔が戻っていた。

ダンスを楽しんだあと、五十鈴にエスコートされて中庭に出た。隅々まで手入れがされた緑と花壇の花々。彫刻が施された白い噴水から水が上がる。

「きれい……」

見とれていると、五十鈴が突然、その場にひざまずいた。

「香琳」

思わずドキッとする。五十鈴がちゃんと名前を呼ぶなんて、めったにない。

「なりたいんだ、おまえの理想の王子様に」

「え？」

驚いている香琳の手を取る。

「十八歳になったら、一〇八本の薔薇を持って迎えにいく。そのときは、俺と結婚してください」

一〇八本の薔薇の意味はプロポーズ。九十九本の薔薇は「ずっと好きだった」――。

いつもの冗談じゃなくて……？　でも、目を見たらわかる。五十鈴が本気でプロポーズしてくれていること。

きょうだいみたいな、女友達みたいな幼なじみじゃなく、ひとりの男の人として香琳を見ていること。

……いつから？　いつからリンリンはあたしのこと――。

戸惑いを隠せないでいる香琳に構わず、五十鈴はその手の甲に口づけて言った。

「返事は、帰ってから聞かせて」

♥

いつの間にか季節が巡り、公園の木々は少しずつ葉の色を変えようとしていた。

今日は一足飛びに冬になったような寒さだ。尚はぶるっと身を震わせて、ジャケットのポケットに手を突っ込んだ。

香琳に別れを告げ、ボロ家を出てから二ヵ月。昨日、鏑木から連絡がきた。早くきてほしかったような、永遠にきてほしくなかったような……。

待ち合わせ場所のベンチで座っていると、約束の時間より五分早く鏑木が現れた。

「香琳様より預かってまいりました」

鏑木が隣りに座り、尚に封筒を差し出す。

「……ありがとうございます」

ちょっとためらってから、封筒を開ける。中には、香琳のサインと印鑑が押された離婚届が入っていた。

自分から望んでおきながら、香琳が離婚を承知したことにショックを受けているなんて、どこまで自分勝手なんだ……。

「私は、香琳様が願えば叶わないものはない、と申し上げておりました」

ふいに、鏑木が言った。

どんなにきつく責められてもしかたがない。尚は香琳を幸せにしてやることができなかった。それどころか、傷つけて、放り出したのだ。

「……すいません。俺は、彼女を……」

そんな尚の謝罪をさえぎるように、鏑木は続けた。

「尚様と結婚されたあとも……香琳様が、願いが叶っていないとおっしゃっているのを、私は聞いたことはございません」

そして、鞄の中から古びた絵本を取り出した。

「こちらを」

「…………」

「要返却。でございます」

そう言うと、有能な執事はピンと背筋を立てて去っていった。

家に帰った尚は、部屋のソファに座って絵本を開いた。

香琳のお気に入りの絵本だということは、すぐにわかった。でも、なぜ鏑木は、今さらこんなものを尚に渡したのだろうか。

題名は、『マルメロ姫』――主人公は、王様とお妃様に甘やかされた、ワガママなお姫様。なんだか香琳とそっくりだ。

お城の生活に退屈したお姫様は、こっそり抜け出して出かけた森で王子様と出会い、恋に落ちる。そして、十六歳の誕生日に開かれた舞踏会で、王子様と再会する。

「……ふたりは国じゅうのみんなから祝福され、結婚式を挙げます」

教会で大勢の人々に祝われ、盛大な結婚式を挙げているお姫様と王子様の絵が描いてある。

香琳がこの場面をとくに好きだということは、紙の傷み具合でわかった。

「誓いの言葉、指輪の交換、そしてキス」

皆が見守る中、お姫様と王子様が見つめ合うシーン……うっとりしている香琳の顔が浮かび、尚はフッと微笑んだ。

「こうして、お姫様と王子様は、めでたく夫婦となりました……」

〝おしまい〟の文字が出てくるものと思って最後のページをめくった尚は、ハッと動きを止めた。

――ふたりの物語は、まだ終わっていなかったのだ。


「ちょっと待ちなさい、尚！」

部屋を飛び出した尚を、怜華が血相変えて追ってくる。

「今度は、なにする気なの!?」

尚は玄関で立ち止まり、怜華をしっかり見据えた。

「母さん。大丈夫だよ、失敗しても」

「え？」

母さんはただ、さみしかったんだ。ひとりぼっちの不安をまぎらわすために怒鳴り散らして、物に八つ当たりして……子供だった尚には、そんな母親の心を思いやることができなかった。

「俺、もっと大人になるから。母さんのことも守るから」

「……尚……」

怜華は、まるで初めて出会ったかのように自分の息子を見つめている。

「割れない皿、買ってくる」

尚はすっきりした顔で言うと、勢いよくドアを開けて駆けだした。

——こうして、お姫様と王子様は、めでたく夫婦となりました。

この先のふたりには、
まだまだいろんなことがあるでしょう。

でも、病めるときも、健やかなるときも、
晴れた日も、嵐の日も、
裕福なときも、そうでないときも、
いつも互いに支え合い、

分かち合い、
笑顔で暮らしていくこと。
それが、ふたりの幸せなのです――

♥

「香琳きたら、こっち通すように伝えて」

スーツのジャケットを羽織りながら、五十鈴はＳＰに命じた。

「はい」

オーストリアから帰国して、一夜が明けた。今日、香琳からプロポーズの返事をもらうことになっている。

「カーリーとの約束の時間は？」

「午前十時です」

「いま何時だ？」

「……午後五時です」

――いくら時差ボケだって、まだ寝てるなんてことはないだろうな。いや、あいつならあり得るか。

　スマホを取り出し、香琳に電話をかけようとしたとき、外から騒々しい声が聞こえてきた。争っているような声だ。

「何事だ」

　廊下に出ていくと、庭先でＳＰたちが侵入者を取り押さえようとしている。男たちを振り払ってこっちに向かってくるのは、尚だ。

「あのガキ！」

　三人がかりで襲いかかられ、とうとう尚は両腕を拘束されて膝をつかされた。

「……おい、放してやれ」

「しかし」

「放せ！」

　五十鈴が一喝すると、ＳＰたちはしぶしぶ尚を解放した。

「なんの用？」

　しばしにらみ合うように見つめ合う。

　香琳との離婚を決めたこの男が、どうして五十鈴に会うために家まで乗り込んできたのか。それも、なにかが吹っ切れたような顔をして——。

尚はひとつ息をついたあと、「海老名五十鈴さん」とひざまずいたまま五十鈴を見上げた。

「香琳を、俺にください！」

言いながら五十鈴に土下座する。

「……なに言ってんの？」

不快感をあらわにして、五十鈴は咎めるように問い返した。

「あんた、別れるって言ったんだろ？　それを手のひら返したように……最低だな。あいつは、そんなふうに軽く扱われていい女じゃないんだ！」

「わかってます。あなたには、きちんと話さなきゃいけない……」

頭を下げたまま、尚はぐっとこぶしを握りしめた。

「俺は、香琳と一緒にいたいんです」

ふん。五十鈴は鼻を鳴らした。香琳のところに行くまえに、ふたつも年下の俺に筋を通すためにきたってか。

「離婚すんだよな？」

投げつけるように言う。

「それが、香琳のためだって納得したんだろ？」

「……した、つもりだった……でも……俺は、香琳に向き合いたい」

尚が顔を上げ、五十鈴をまっすぐに見つめてくる。

「今度こそ、俺の一生を捧げて……香琳を幸せにする。幸せにするまで、絶対に逃げない」

覚悟を決めた声だ。周りの強面の男たちさえ、尚の迫力に気圧されている。

しかし五十鈴は、そんな尚を冷ややかに見下ろした。まだまだだ。簡単にはあいつを渡せない。

「……どんな権力使ってでも渡さねーって言ったら？」

「世界じゅう敵に回しても奪う」

躊躇なく、きっぱり言い放つ。

「香琳が味方でいてくれたら、それでいい」

「……それが聞きたかった」

五十鈴は、ふっと表情をやわらげた。

「て、俺、親か？」

自分でツッコみ、ハハッと自嘲する。

「……俺は、ずっとずっと好きだった、香琳だけを」

香琳は、五十鈴の気持ちなんかちっとも気づかずに王子様を探し続けていたけれど。

でも、五十鈴にとって、女の子は香琳だけだったのだ。

「だからわかる。俺を選ばないって」

さらうようにして行った、オーストリア旅行。香琳は「素敵」とか「きれい」とか表面では喜んでいたが、本当はちっとも嬉しそうじゃなかった。

いくら夢を現実にしてやっても、そこには、香琳の一番欲しいものが欠けているのだから——。

「香琳を一番幸せにできるのは……俺じゃないって」

情けないことに声が震えた。それでも、香琳を奪っていく男に、弱みは見せなくない。

「今日、プロポーズの返事するっつったのにこねぇし……たぶん、どっかのボロ家にでもいんじゃねぇの?」

五十鈴は最後の意地を張った。

尚がハッとして立ち上がり、五十鈴に一礼すると、きびすを返して駆け出していく。

その目はもう、香琳だけを見ている。

「今度逃げたら、マジで潰すからな……」

駆けていく尚の後ろ姿を見送りながら、五十鈴は冗談交じりにつぶやいた。

♥

リンリン、怒ってるかな……。

本当は今日、リンリンの家にプロポーズの返事をしにいくはずだった。

香琳がずっと夢見ていた将来は、両親のように愛にあふれた、誰もがうらやむような、お姫様みたいな毎日。あんなうそばっかりの、貧しい毎日なんかじゃない。

リンリンは、センパイに離婚しようって言われて落ち込んでいる香琳に、小さい頃から憧れていた、夢のような世界をプレゼントしてくれた。リンリンと一緒にいれば理想の結婚生活が送れる。そのほうが絶対いいはず。

……そう思うのに、どうしても心が拒否してしまう。

オーストリアでずっとふたりで過ごして、楽しかったけれど、はっきりわかってしまった。リンリンとは、一緒にいられない。

たとえ理想とかけ離れたこんなボロ家の生活でも、やっぱり香琳が一緒にいたいのは——。

小さな台所で香琳が作った料理を、尚センパイはいつもきれいにたいらげてくれた。

たくさんいろんなことを教えてくれて、香琳ができるようになると、すごいじゃんって、笑顔で褒めてくれた。

この家で、いつだって香琳の隣りにいてくれた……。

涸れ果てたと思っていた涙がぽろっとこぼれ落ちたとき、背後でドアの開く音がした。

泥棒!? 開けっ放しにするなってセンパイに何度も言われてたのに!

反射的に振り返った香琳の目が、大きく見開かれた。

「……尚、センパイ?」

尚が、玄関に立っている。走ってきたらしく、肩で大きく息をしながら、まっすぐ香琳だけを見ている。

どうしてこの家に? 偶然? それとも、香琳がいることを知って?

「なんで?」

聞きたいことはたくさんあるのに、香琳の口から出てきたのは、そのひと言だ。

「……ごめん」

「え?」

「今から俺、これまでで一番自分勝手で、最低なことする」

尚はスニーカーを脱ぎ捨てて部屋に上がってくると、いきなり香琳を抱きしめた。

え……なに？

腕の中で面食らっている香琳に、

「……一生許さなくていいから」

そう言うと、香琳の唇に、そっと唇を重ねた。

頬にかかる尚の熱い吐息と、ふれ合う柔らかな唇の感触。

——今、何が起きてるの。

信じられないような気持ちで、香琳は目を閉じる。

きれいな教会でも、ロマンチックな場所でもない、西日の射す小さなボロい家。けれど、これ以上素敵なキスなんて、きっとない。

尚がゆっくり唇を離す。

「俺なんかより、海老名みたいなヤツのほうが香琳にはふさわしいって思ったのに
……やっぱり俺、香琳を誰にも渡したくないんだ」

「……それって……？」

こわくて、切なくて、泣きたくて——こんな気持ち、今まで知らなかった。

「……尚センパイ、もしかして香琳のこと……好き？」

ずっと聞きたくて聞けなかったこと——香琳は震える声で言った。

「……好き、じゃない」

尚がぎゅっと香琳を抱きしめる。

「大好きだよ」

香琳を見つめる尚の目が、優しく弧を描く。

好き、の上の、最上級の好き——。

涙まじりの香琳の顔が笑み崩れていく。

「……ついに尚センパイに好きって言わせた……！」

尚も笑顔になって、ポケットから折りたたんだ離婚届を取り出した。

「たくさんひどいことして傷つけて……ごめん」

そう言って、離婚届をビリビリと破り捨てる。

「尚センパイ……」

離婚しなくていいんだ。香琳、センパイの奥さんでいていいんだ——。

胸がいっぱいになって、また涙が込み上げてくる。

「……ちょっとやそっとじゃ、香琳、許さなくてよ？」

目に滲んだ涙を拭いながら、冗談めかして言った。

「うん。そのほうが香琳らしい」

尚がクスクス笑った。

「あ、センパイ！　あともうひとつ！」

「そうだな」

それぞれの部屋に入り、閉じられた襖に向かって立つ。

尚にこの襖で部屋を仕切られたとき、本当に拒絶されたんだと思って悲しかった。

これは、センパイの心の扉。だけど、その扉が開く日は必ずくるって信じてた。

せーの、で襖を開けて見つめ合う。

開け放ってひとつになった部屋に、窓から光がいっぱいに射し込んできた。

「……ほらね。香琳が願えば、叶わないことなんてひとつもないの」

尚が微笑み、香琳の両手を握りしめる。

「香琳……病めるときも、健やかなるときも、どんなときも一緒にいてくれますか」

結婚って、ただ好きな人と毎日一緒にいるってことじゃない。

お互い、何があっても一緒にいるっていうこと。

いま初めて、あのときの神父様の言葉の意味がわかった気がする。

「はい……誓います」

えいっ、と香琳が尚の胸の中に飛び込んでいく。

尚がしっかりと受け止め、香琳を抱きしめる。

折山香琳、十六歳。

折山　尚、十八歳。

結婚することの意味を知って、今日、本当の夫婦になれたから——

あたしたちは未成年だけど、もうコドモじゃない。

エピローグ

ゴーン　ゴーン　ゴーン……

教会の鐘の音が、目に染みるような青空に響き渡る。

美しいステンドグラスの大聖堂に、たくさんの列席者が集っていた。

やがて扉が開き、黒いタキシードを着た尚が現れた。目をハート型にした女性陣からいっせいにため息が漏れる。

「……本日はお集まりいただき、ありがとうございます。こうやって自分たちの力で結婚式をできるまで、五年かかりました」

大学を卒業した尚と、短大を卒業した香琳は、今日、二度目の結婚式を挙げる。

「五年前は、ふたりともまだコドモで……」

尚の話に、皆、静かに耳をかたむけている。

「でも香琳と一緒にいて、夫婦とは何か、今は少しだけわかった気がします」

住んでいるのは、相変わらずあのボロ家だ。けれど五年前のあの日から、ルールはたったひとつだけ。

お互いに、相手のことを思いやること——。

香琳は、もう結婚式なんて挙げなくていいと言ったけれど、尚はどうしても香琳の理想どおりの、ゴージャスな式を挙げてやりたかった。

「今、あの扉の向こうにいるのが、僕の最愛の妻です」

お姫様のようなウエディングドレスを着て、和紀と一緒に、尚の話を聞いているはずだ。

「僕のこれからの人生は彼女のためにある。そう思わずにはいられないほど、彼女は僕にとって、世界でたったひとりの最高の女性です」

扉が開き、パイプオルガンに合わせて、厳か(おごそ)な讃美歌(さんびか)が流れだした。

その中を、和紀と腕を組んだ香琳が、祭壇で待つ尚のもとへ、長いバージンロードを歩いていく。

「きれいよ、香琳」

参列者席には、そんな娘を感動の面持ちで見守る明里と、以前よりずっと表情がやわらかくなった怜華がいる。

「鏑木、これって再婚？　ん？　ちがう？」

五十鈴が退屈そうに、直立不動で佇んでいる隣りの鏑木に聞いた。

「……鏑木」

五十鈴は白いハンカチを差し出した。

鏑木が「おそれいります」とそれを受け取り、そっと目頭を押さえる。

五年も経てば五十鈴もさすがにあきらめはついたが、香琳のウエディングドレス姿にまったく胸が痛まないと言ったらうそになる。

「……ちゃんと幸せになれよ、バカ」

五十鈴はそっとつぶやいた。


祭壇の前で、尚が和紀から託された香琳の手を取る。

「……もう……式のまえにあんなこと言うなんてっ……」

小声で言う香琳の、ヴェールの向こうは泣き顔だ。

「メイク崩れちゃうわよ……！」

そんな香琳が、尚は愛おしくてならない。

ふたりで祭壇に続く階段を上がる。

「新郎、尚さん。あなたは新婦、香琳さんが病めるときも健やかなるときも、愛をもって生涯支え合うことを誓いますか？」

「誓います」

——五年前、平然とうそをついた俺の言葉を、神様は聞き入れてくれるだろうか。

まあ別に、香琳にだけ伝わってくれればいいんだけど。

「新郎から、新婦へ」

尚が、香琳の左手の薬指に指輪をはめる。

「新婦から、新郎へ」

香琳も、尚の左手の薬指に指輪をはめる。

「誓いのキスを」

尚がヴェールを上げ、香琳の肩をそっと抱いて、顔を近づけていく。

香琳の唇にふれる直前、尚はぴたっと動きを止めた。

目を閉じてキスを待っていた香琳が、けげんそうに薄目を開けた。

「五年前の続き」

いたずらっぽい笑みを浮かべる。

「……もう！」

薔薇のつぼみが開いたような笑顔の香琳に、五年分の愛を込めてキスをする。

「俺の一生を捧げて、香琳を幸せにするよ」

香琳が幸せいっぱいの笑顔でうなずく。

「これからも末永くよろしく、奥さん」

「はい……ダンナ様」

これから先、何があっても同じ屋根の下で暮らしていく。

ずっとずっと、何十年もふたりで――。

♡おしまい♡

累計100万部!
大人気
少女コミック

笑って泣ける波瀾万丈
恋愛コメディー!

〈ストーリー〉
政略結婚で一緒になった香琳(16歳)と尚(18歳)。
同じ高校で片思いしていた先輩、
尚と結婚できてウキウキの香琳。ところが尚に
「お前みたいな女は大嫌いだ」と宣言され、
いきなり家庭内別居を余儀なくされる。
ただ家族と離れて暮らすために結婚した尚。
香琳の気持ちは、尚に届いて
幸せな結婚生活を送れる時は来るのか?

本書のプロフィール

本書は、二〇一七年公開の映画「未成年だけどコドモじゃない」の脚本をもとにノベライズしたものです。

小学館文庫

未成年だけどコドモじゃない

著者　豊田美加
原作　水波風南
脚本　保木本佳子

二〇一七年十二月十一日　初版第一刷発行

発行人　菅原朝也
発行所　株式会社　小学館
〒一〇一-八〇〇一
東京都千代田区一ツ橋二-三-一
電話　編集〇三-三二三〇-五六一七
販売〇三-五二八一-三五五五
印刷所――――図書印刷株式会社

ISBN978-4-09-406473-5